"वो मुझसे प्यार क्यों नहीं करता?"

(उपन्यास)

आशिष कुमार

[wo mujhse pyar kyu nahi karta?]

A novel by Ashish Kumar

Published by: NOTION PRESS

Contact Email: publish@notionpress.com

ISBN: 979-890431057-8

First Edition: April 2026

Price: Rs 190.00

उसके लिए

जिसका नाम मैं

यहाँ लिख भी नहीं सकता।

शायद

मैं उसे हार जाऊँगा।

जिसका हाथ पकड़कर

मैं सब कुछ जीत सकता हूँ।।

-आशिष कुमार

भूमिका

हम एक ऐसे दौर में जी रहे है, जहाँ रिश्ते 'status' से शुरू होते है और 'block' पर खत्म। जहाँ moving on एक नुस्खा है और wait करना एक बेवकूफ़ी। पर इस भीड़ में कुछ लोग ऐसे भी होते है, जो वक्त की रफ़्तार को थमा देते है। यह कहानी उन्हीं पागल लोगों की है। ये एक सफ़र है- सीवान की गलियों से लेकर पटना के कैफ़े तक का। ये सफ़र है उस दर्द का जो किसी खंजर से ज़्यादा गहरा उतरता है, और उस ख़ामोशी का जो चिल्लाने से ज़्यादा शोर मचाती है।

जब आप इस किताब का आखरी पन्ना पलटेंगे, तो शायद आपके हाथ में कोई जवाब ना हो, पर आपकी आँखों में एक सवाल जरूर होगा- "क्या किसी को इतना चाहना मुमकिन है, की उसकी खुशी के लिए उसे किसी और का होता देख सको? क्या प्रेम का अंत हमेशा मिलन ही होना चाहिए, या फिर 'अधूरापन' भी अपने आप में मुकम्मल हो सकता है?"

अब कुछ बातें मेरे बारे में- यह मेरा पहला उपन्यास है। जब मैंने इसे लिखना शुरू किया, तो मेरे पास शब्दों का बहुत बड़ा खजाना नहीं था, न ही जिंदगी के बड़े-बड़े तजुर्बे। शायद लिखने का अंदाज़ भी अभी पूरी तरह परिपक्व न हो।

पर सच तो यह है की यह कहानी लिखना मेरा कोई शौक नही, मेरी एक जरूरत थी। मुझे कुछ बातें उस शख्स से कहनी है, जिनसे मै बहुत कुछ नहीं कह पाया हूँ। अपनी भावनाओं को उसके सामने प्रकट करने का शायद इससे बेहतर तरीका मेरे पास नहीं है।

एक बात और, जो मैं साफ़ कर देना चाहता हूँ। मैंने इस पूरी किताब में ज्ञान देने की रत्ती भर भी कोशिश नहीं की है। सच कहूँ तो, ज्ञान देने के लिए आज के दौर में youtube के मोटिवेशनल वीडियो और instagram के reels ही काफ़ी है। ज्ञान तो हमें हर मोड़ पर मुफ्त में मिल जा रहा है, शायद अब किताबों की जरूरत ज्ञान बाटने के लिए उतनी नहीं रही। किताबों की असली जरूरत अब केवल उन अहसासों को ज़िंदा रखने के लिए बची है जो हम इस मशीनी दुनिया में कहीं खोते जा रहे है। मैंने यहाँ एक कहानी लिखी है, जो शायद मेरी है, आपकी है या शायद हम सब के अंदर छिपे उस एक प्रेमी की है जिसे कभी उसकी मंजिल नहीं मिली। मैं ये किताब उन सभी लोगों के नाम करता हूँ जिन्होंने कभी किसी मोड़ पर किसी का इंतज़ार किया है... बिना ये जाने की वो आयेगा भी या नहीं।

7minute का वादा

Science में कहते है की मरने से पहले दिमाग की 'gamma waves' तेज हो जाती है और सात मिनट तक हमारे दिमाग में जीवन के सभी सुनहरे पल पुनरावृत्त होते रहते है। अगर ऐसा है तो मैं-

पहले मिनट में अपनी बंद होती आँखों में तुम्हें वैसे ही देखना चाहूँगा, जैसे मैंने तुम्हें पहली बार देखा था।

दूसरे मिनट में तुमसे वो बातें करना चाहूँगा जो हमेशा अधूरी रह गई। शायद तुमने मुझे बोलने का मौका नहीं दिया या शायद मैं बोल नहीं पाया।

तीसरे मिनट में तुम्हारी उस हँसी को सुनना चाहूँगा जो हमेशा तुम्हारी होठों पर छाई रहती है। मैं चाहता हूँ, की मेरे कानों में गूँजने वाली आखरी आवाज तुम्हारी हँसी की हो ताकि मुझे उस दुनिया में किसी बात का गम न हो।

चौथे मिनट में उन राहों को याद करना चाहूँगा जहाँ हम आखरी बार साथ चले थे। वो पतली-सी पगडंडी, वो बारिश की बूँदे जो की हमे पूरी तरह भिगो दी थी और वो तुम्हारे बालों में लगा सफेद गुलाब, जो मैंने डाल से तोड़कर तुम्हारे बालों में लगा दिया था।

पाँचवें मिनट में तुम्हारे उन आँसुओं को अपने ज़ेहन से मिटा देना चाहूँगा जो की मेरी वजह से गिरे थे। मैं चाहता हूँ की मेरी यादें सिर्फ़ तुम्हारे चेहरे के हँसी पर रुक जाए, जो मुझे देख कर आती थी।

छठे मिनट में तुम्हारे साथ तालाब के किनारे बने बेंच पर बैठकर तुम्हारी बातें सुनना चाहूँगा, जो की अभी भी अधूरी रह गई है। और शायद कभी पूरी भी न हो।

सातवें मिनट इस आखरी लम्हें में, मैं सिर्फ़ तुम्हारा हाथ पकड़ना चाहूँगा। इतने शिद्दत और इतनी मजबूती से की जब मैं अगले जन्म में आँखें खोलू तो मेरे हाथ में तुम्हारा ही हाथ हो।

-आशिष कुमार

1

20March 2026

आधी रात बीत चुकी है। पूरा शहर गहरी नींद मे सो रहा है। लेकिन आन्या स्टडी टेबल पर बैठी अपनी तीसरी किताब लिख रही है, वो भी अब कुछ ही दिनों मे पूरी हो जाएगी। दिन भर के बिजी शेड्यूल और ऑफिस के काम के कारण अपनी लेखनी के लिए वह केवल रात को ही समय निकल पाती है। रोज कि तरह आज भी वो लिखते-लिखते रुकी है, उसने अपनी पीठ कुर्सी से टिका लिया है और सामने दीवार पर लगी एक तस्वीर को निहार रही है। उसका रोना किसी चीख कि तरह नही बल्कि एक दबी हुई सिसकी कि तरह है। आँसू लगातार आँखों से गिरकर कागज को भीगो रहे है। उसे लगता है की वह केवल एक दिन ही जोड़-जोड़ से चिल्लाकर रो लेगी तो शायद फिर उसे रोना ना पड़ेगा, लेकिन न जाने क्यों रोते वक्त उसके मुँह से आवाज नहीं निकलता और कुछ आँसू बच जाते है अगले दिन के लिए।

अभी सुबह के सात ही बजे है, आन्या नहा-धोकर तैयार है, ऑफिस जाने को सिर्फ बाल बनाना ही बाकी है।

आइने के सामने बाल बनाते वक्त माँ का कॉल आया है जिसे वह स्पीकर पर रखकर बात कर रही है-

"हेलो, गुड मॉर्निंग मम्मा।"

"गुड मॉर्निंग बेटा, क्या कर रहे हो?"

"बस बाल बना रही हूँ, दस मिनट मे नाश्ता करके ऑफिस निकलूँगी।"

"इतनी जल्दी।"

"हाँ, बहुत सारा काम pending है और कल sunday की leave है। इसलिए आज पहले जा कर सोच रही हूँ सारा काम finish करने का।"

"और क्या सोचा?"

"किस बारे में"

"तुम्हारी शादी के लिए।"

"क्या है मम्मा, आप तो एकदम पीछे ही पर गए हो। मुझे अभी शादी-वादी नहीं करनी है।"

"कब तक टालोगी अब तो तुम जॉब भी करने लगी अब शादी करो और हमें free करो।"

"Free करो तो ऐसे बोल रही हो जैसे मैंने आपको जेल में बंद कर रखा हो। मुझे अभी शादी नहीं करनी, आप करो शादी।"

"फिर सोच ले दो-दो बाप नहीं झेल पाएगी।"

"क्या मम्मा आप भी सुबह-सुबह शुरू हो गई। कोई और जरूरी बात नहीं है तो फ़ोन रखो मुझे ऑफिस के लिए लेट हो रहा है।"

"ठीक है, bye लेकिन जल्दी सोचो इस बारे में।"

"Bye Bye फ़ोन रख कर आन्या ने एक गहरी साँस छोड़ी।"

आन्या ऑफिस पहुँचकर जैसे ही अपने टेबल पर बैठी स्नेहा ने बोलना शुरू किया-

"अरे सुन ना आन्या तुझे एक बात बताना है।"

"हाँ बोल।"

“मुझे ऑफिस के एक बंदे पर दिल आ गया है।”

“वो तो तेरा हर तीसरे बंदे पर आ जाता है।” आन्या dekstop ऑन करती हुई बोली।

“हाँ, तो मैं क्या करूँ इसमे तो भगवान जी की गलती है जो इतने सारे Handsome Man को यहाँ भेज रखा है।” स्नेहा हल्का मुस्कुराते हुए बोली।

“हाँ हाँ और सब को तेरे लिए ही भेजा है। वैसे वो है कौन?”

“सिद्धार्थ, हमारे ऑफिस का सबसे हैंडसम बंदा। पर यार वो मुझे भाव ही नहीं देता, लेकिन मैंने भी ठान लिया है आज उसको प्रोपोज कर के ही रहूँगी।”

“क्या मैंने उसे देखा है।”

“हाँ यार, देख वो रहा 4th row के 6no टेबल पर।”

“अरे इससे तो मैं मिली हूँ।”

“वही तो मैं बोली इतने हैंडसम बंदे को तू अनदेखा कैसे कर सकती है? मैं तो इसके साथ होने वाले बच्चों के नाम भी सोच चुकी हूँ। लड़का हुआ तो वंश और लड़की हुई तो वाणी रखूँगी।”

आन्या हँसती हुई बोली- “रुक जा बहन, इतना मत सोच पहले मेरी बात सुन। तेरा मजनू married है, मैं उसे और उसकी wife से कल restaurant में मिली थी। वो मुझे जानता था, मैंने भी उसे ऑफिस में देखा था पर नाम नहीं जानती थी।”

ये सुनकर स्नेहा के ऊपर दुखों का पहाड़ टूट पड़ा। वह अपनी अदृश्य चूड़ियाँ टेबल पर फोड़ने लगी और बनावटी रोना रोती हुई बोली- “मैं तो बिन ब्याही विधवा हो गई। क्या अब कोई हैंडसम, sexy लड़का इस विधवा का बोझ उठायेगा। तू बता आन्या क्या हैंडसम लड़के का जल्दी शादी करना कानूनन ग़लत नहीं? क्या सुप्रीम कोर्ट को ऐसा कानून नहीं बना चाहिए की हैंडसम लड़के का शादी जल्दी नहीं होगा? क्यों मैं हर काम में पीछे रह जाती हूँ? क्या सिद्धार्थ की बीवी मेरे से ज़्यादा सुंदर होगी? इसे ये नहीं सोचना चाहिए की अगर मैं एक लड़की से शादी कर लूँगा तो बाकियों का क्या होगा?” आन्या हँसती हुई उसका सिर सहलाते हुए बोली- “बुरा मत मानना पर तुझसे ज़्यादा सुंदर है उसकी पत्नी।”

“उड़ा ले मजाक मेरे प्यार का, तुझे क्या पता की जब प्यार नहीं मिलता है तो कितना दुख होता है।”

"अच्छा अब नाटक बंद कर और ये बता तेरा काम कहाँ तक पहुँचा।"

"मुझे तो लगता है की आठ यही पर बज जाएगा, और तेरा।"

"मेरा टाइम पर हो जाएगा।"

2

स्नेहा ने ऑफिस से निकलते समय देखा की आन्या की डेस्क पर एक डायरी पड़ी है। उसने डायरी उठाकर पहला पन्ना पढ़ा, उस पर लिखा था-

"वो मुझसे प्यार क्यों नहीं करता?"

स्नेहा ने आन्या को कॉल किया।

"हेलो, ये तुम्हारी डायरी ऑफिस के डेस्क पर छूट गई है।"

"ओह शिट, तू तो जानती है, मेरी आदत है डायरी कैरी करने की, जब कुछ सूझे लिख दो नहीं तो मैं भूल जाती हूँ।"

"वैसे इसमें लिखा क्या है, title तो बड़ा heavy है।"

"वो मेरा नेक्स्ट novel है। तू डायरी अपने पास रख ले, मंडे को मुझे दे देना।"

"वैसे मैं पढ़ लू क्या?"

"हाँ पढ़ सकती है, almost complete ही है।"

ऑफिस से निकालते ही स्नेहा ने ना तो किसी दोस्त का कॉल उठाया और ना ही रास्ते में किसी शॉप पर रुकी। उसका पूरा ध्यान बस उस डायरी पर था क्योंकि वह उस कहानी को पढ़ने जा रही थी जो की अभी छपी भी नहीं थी। रूम पर आते ही उसने अपना बैग सोफे पर फेका और डायरी लेकर बेडरूम में आ गई। उसने अपने मन में सोचा की ख़ाना पीना बाद में करूँगी पहले ये देखती हूँ की इस बार "writer sahiba" ने क्या गुल खिलाया है। उसने बेड पर लेटते हुए डायरी पढ़ना शुरू किया, बिना कुछ खाये-पिए, बिना कपड़े बदले, वो पूरी तरह से आन्या की उस दुनिया में जाने के लिए तैयार थी जहाँ अभी कोई नहीं गया।

3

“वो मुझसे प्यार क्यों नहीं करता?”

August 2023

घड़ी सात बजा रही है। लगता है रात को अच्छी बारिश हुई है। तभी तो घर के बाहर सड़क पर और पीछे खेत में अभी तक पानी भरा है। सड़क तो ठेकेदार ने ऐसा बनाया है की थोड़ी भी बारिश हो जाए तो पता नहीं चलता की सड़क पर पानी है या पानी में सड़क। खेतों में मेढकों के टर्र-टर्र करने की होड़-सी लगी है, जैसे की कोई मुक़ाबला चल रहा हो। बादल छाये हुए है, उनके बीच से सूर्य ऐसे झाँक रहा है जैसे लगता है वह धुली हुई प्रकृति की सुंदरता को और प्रखर कर रहा हो। लेकिन बार-बार बादल सूर्य के ऊपर आकर उसे ऐसे छुपा दे रहे है, मानो लगता है की उसे प्रकृति को इस प्रकार सुंदर देख ईर्ष्या हो रही हो।

तभी अचानक नीचे से माँ की आवाज आई-

“वेद, उठो सुबह हो गई है, कब से उठा रही हूँ।”

माँ की आवाज़ सुनते ही वह सिहम गया, अर्धनिंद्रा में ही बोल पड़ा-

"हाँ माँ, उठ गया हूँ नीचे आ रहा हूँ।"

आँखें मलते-मलते उसने कमरे का दरवाज़ा खोला, तभी पीछे के खेत से आती हुई मिट्‌टी की खुशबू और बरसाती हवाओं ने उसे सहलाया जिससे वो पूरी तरह से जाग गया।

सिढ़ियों से उतरते समय वह सोच रहा है कि कास हर दिन ऐसा ही मनोरम होता, लेकिन सब दिन एक जैसा तो नहीं हो सकता। हर मौसम का अपना मजा है लेकिन जो बात बरसाती हवाओं और फिजाओं में है वो किसी दूसरे मौसम में कहाँ। शायद इसलिए कवियों ने इसे प्रेम का मौसम कहा है। इन सब बातों को सोचते हुए वह सिंढ़िया उतर ही रहा था, तभी माँ ने पुनः आवाज लगाई और उसे उतरता देख चुप हो गई।

फिर बोली, जल्दी करो 11 बजे ट्रेन है, 10 बजे घर से निकलना होगा नहीं तो ट्रेन छुट जाएगी। कब से आवाज लग रही हूँ, उठ नहीं रहे हो।

"मुझे कल रात सोने में देरी हो गई।"

"अच्छा ठीक है जल्दी से ब्रश करके फ्रेश हो जाओ।"

स्नेहा ने धीरे से "वेद" बुदबुदाया और सोचा की आन्या ने इस किरदार का नाम वेद रखा है... कितना सुकून है इस शुरुआत में।

वेद अपने माता-पिता, दादी और उससे दो साल छोटी बहन के साथ सीवान जिले के बसंतपुर में रहता है। वह स्वभाव से शांत और थोड़ा शर्मिला भी है। घर के पास के कॉलेज से 12th पास करके Amity University, Patna से math में graduation कर रहा है। Graduation के 2nd year का exam देकर वह अपने घर आया था और अब final year की पढ़ाई शुरू करने पुनः पटना जा रहा हैं।

माँ और दादी में कभी-कभार इस बात से मन-मुटाव हो जाता है की वेद से कौन ज़्यादा प्यार करता है जिसमें की माँ बार-बार हार जाती है क्योंकि वेद भी दादी का ही पक्ष लेता है। इतने बारे होने के बावजूद भी वो जितने दिन घर पर रहता है दादी उसे अपने हाथों से खिलाती है और अभी जब वो कपड़े पहन रहा है दादी उसके पीछे-पीछे घूमकर खाना खिला रही हैं।

काले रंग का जींस, सफेद टी-शर्ट और लाल काले का चेक शर्ट पहने वेद पूरा हीरो की तरह लग रहा है। उसके बाल सामान्य लंबाई से थोड़े ज़्यादा ही बड़े है, जिन्हें उसने पीछे की ओर ऐसे सेट किया है जेसे Shah Rukh Khan के बाल Happy New Year में सेट थे। उस पर लंबे बाल अच्छे लगते है, बालों के लिए कुछ लोग तारीफ़ भी करते है और कुछ डाँटते भी है।

उसके पास बहुत ज़्यादा सामान नहीं है, बस एक trolly bag और एक सामान्य बैग है। इतना सामान के साथ वह आराम से bike से जा सकता है। इसलिए उसे स्टेशन तक छोड़ने बड़े पापा का लड़का रोहित जा रहा हैं। रोहित वैसे तो वेद से एक साल छोटा है लेकिन देखने में वो वेद से काफ़ी बड़ा लगता है। उसका शरीर पहलवान की तरह चुस्त-दुरुस्त है। इसीलिए माँ ने उसे ये जिम्मेदारी देने से पहले ज़्यादा सोचा नहीं।

घर से निकलने का समय हो गया है, दरवाज़े के सामने रोहित बाइक पर बैठा थोड़ी-थोड़ी देर पर हॉर्न मार रहा है। इधर वेद ने भी अपना समान उठाया और सब का आशीर्वाद लेकर अपने सफ़र पर चल दिया। लगभग वह थोड़ी ही दूर गए

थे तभी वेद ने अपने पॉकेट से earbuds निकाला, एक रोहित को दिया और एक ख़ुद लगाया और अपने प्लेलिस्ट से हनी सिंह का गाना बजाया-

"Blue eyes हेप्नोटाइज तेरी करदी है मैनू ,

I Swa छोटी ड्रेस में Bomb लगदी तू मैनू।"

दोनों गाने की धुन में बहते चले जा रहे थे तभी वेद ने volume काम करके बोला-

"ए रोहित, सुने में आवता की ई सूरजा और छोटका टोला के रामराज चा के लड़की पिंकिया के कौनो चक्कर बा। तोड़ा कुछ पता बा का।"

"हाँ, जानताड़ ई अपना हिया के भकलेल लाइक सन, पिंकिया दु मिनट बतिया का लेलख, सूरजा के लागता की उ एकराके आपन दिल दे देलख।"

"तब त जहिया पिंकिया के भाई मंटुआ के ई बात के खबर लागल ओह दिन सूरज के खाय भर भेटाई।"

"ई त बरले बा, लौंडियाबाजी करिहन त होई का।"

तभी हनी सिंह का गाना ख़त्म हो गया और काबिल फ़िल्म का गाना बजने लगा। वेद ने volume up किया।

"सारा जमाना, हसीनों का दीवाना

जमाना कहे फिर क्यों बुरा है दिल लगाना।"

आगे रास्ते में भीड़-भाड़ होने के कारण वो ज़्यादा कुछ बात नहीं कर पाए। और फिर देखते ही देखते सीवान जंक्शन दिखने लगा।

रेलवे स्टेशन कुछ ख़ास भव्य नहीं है कि उसका बखान किया जाए। स्टेशन के मुख्य द्वार के सामने बड़ा-सा तिरंगा लगा है, जो की बारिश में भीगने के कारण फहर नहीं रहा है। वेद तिरंगा के ठीक नीचे खड़ा है और रोहित पार्किंग में गाड़ी लगाने गया है। गाड़ी पार्क कर के रोहित आता है और वेद से बोलता है-

"देख त कौ नंबर पर देखावता, लेट नइखे नू।"

वेद अपने मोबाइल में where is my train में ट्रेन की लोकेशन देख के बताता है की गाड़ी दो नंबर प्लेटफार्म पर आएगी। तभी रोहित आश्चर्य से सामने लगे बोर्ड को देख के

बोलता है-

"ए पर त चार नंबर पर देखावता, ई का झोल बा। चल जा के कर्मचारी से पूछल जाओ।"

वे जा ही रहे थे की तभी किसी ने माइक में फुक मारी और बोला- "यात्रीगण कृपया ध्यान दे गोंडा, बस्ती, गोरखपुर से चलकर आने वाली छपरा, हाजीपुर से होकर पटना जाने वाली गाड़ी संख्या 245276 कुछ ही देर में चार नंबर प्लेटफार्म पर आएगी।" घोषणा होते ही प्लेटफार्म पर लोग इकठ्ठा होने लगे। वेद और रोहित भी अपना सामान लेकर चार नंबर प्लेटफॉर्म पर चल दिये।

थोड़ी ही देर में ट्रेन प्लेटफार्म पर आकर लग गई ट्रेन पर चढ़ने वालों और उतरने वालों के बीच अजीब सी हड़कंप मच गई, मगर ये सिर्फ general डब्बों में ही देखने को मिलता है AC में नहीं। मानो पैसे वालो ने सिट के साथ-साथ शांति भी ख़रीद ली हो। एक ही ट्रेन के दो अलग-अलग डब्बों को देखकर पता चल जाता है की अमीर और ग़रीब में फ़र्क़ क्या है।

खैर इन सब बातों को उसी प्लेटफार्म पर छोड़ते हुए वेद

अपना सामान लेकर अपनी सिट पर जाकर बैठ गया। उसका सिट side lower berth 56no था। वह अपने हैंडबैग को ऊपर वाले सिट पर रखा और ट्रॉली बैग को सिट के नीचे खाली जगह में रखने के लिए झुका तो देखा की वहाँ एक गुलाबी रंग का ट्रॉली बैग रखा है, जिसमें तरह-तरह के दो तीन चाभी रिंग लगे थे, जिसे देख कर साफ़ पता चल रहा था की बैग किसी लड़की का है।

बैग रखकर जैसे ही उसकी नजर दाहिनी ओर मुड़ी उसने देखा की एक लड़की उसकी ओर आ रही है। उसने सफ़ेद कुर्ती और ब्लू जीन्स पहना है। तभी वेद की नजर उसके ग्रे रंग के बड़े-बड़े झुमकों पर गई जो की उसके चलने के साथ बड़े ही मनमोहक क्रम में डोल रहे थे। उसके बाये कान के झुमके को अचानक कुछ बाल ढकने लगे जिसे उसने वेद की ओर देखते हुए दाहिने हाथ से फिर कान के पीछे कर दिया। इतने में जब वेद ने देखा की वह भी उसी की ओर देख रही है, तो उससे नजरें चुराकर बिना कुछ बोले सिट पर बैठ गया।

कुछ ही क्षणों में वो लड़की उसके सिट के पास आई और थोड़ी-सी मुस्कुराती हुई बोली-

"Hi, I am Aisha."

"Ved" उसने हाथ मिलाते हुए कहा।

"Seat no. 56"

"हाँ और आपका"

"57, actually मैं देवरिया में सुबह 6 बजे चढ़ी हूँ। और दूसरी बात तुम मुझे आइशा कह सकते हो, मुझे इतने respect की आदत नहीं है।"

"वैसे तुम्हे कहाँ तक जाना है?"

"पटना और तुम्हें"

"मैं भी पटना ही जा रहा हूँ। मैं Amity University से math में graduation कर रहा हूँ।"

"फिर तो हम पड़ोसी हुए, मैं Chandigarh University se BA in Psychology कर रही हूँ।"

"तो तुम किसी के भी मन की बात पढ़ लेती होगी।"

"नहीं यार, ऐसा थोड़ी ना होता है।"

“पर इतना दूर क्यों, U.P वालो ने admission नहीं लिया तुम्हारा” वेद मुस्कुराते हुए बोला।

“अपने-अपनों की कद्र नहीं करते। CUET का exam देकर दिल्ली, लखनऊ और पटना के कॉलेजो का नाम दिया था, लेकिन दिल्ली और लखनऊ वालो ने कम स्कोर के कारण मुझे नहीं लिया। वैसे पटना में मेरी मौसी भी रहती है।”

“तो तुम मौसी के घर रहती हो।”

“नहीं। मैं और मेरी फ्रेंड ने sharing room लिया है, कॉलेज के पासं।”

“Ooo, होस्टल में क्यों नहीं रही?”

“अरे बाप रे! उसके नियम, क़ानून मुझे पसंद नहीं। मैं खुले आसमान के पक्षी की तरह रहना पसंद करती हूँ जब चाहो, जहाँ चाहो उड़ जाओ पर हॉस्टल में इतने बजे खाओ, इतने बजे उठो, इतने समय से पहले वापस आओ और ना जाने कितने चोचले ये सब मुझे बिल्कुल भी पसंद नहीं।”

“तुम बताओ, तुम कहाँ रहते हो।”

“मुझे भी तुम्हारा वाला ही प्रॉब्लम है। कुछ कारणों से

हॉस्टल मुझे भी पसंद नहीं, इसलिए मैंने भी एक रूम रेंट पर लिया है, पर मैं अकेला ही रहता हूँ।"

"अकेले रहते हो, बोर नहीं होते।"

"नहीं तो, इसमें बोर होने वाला क्या है, आधा दिन कॉलेज में बीत जाता है और आधा दिन फोन और किताबों में।"

वे दोनों थोड़ी देर तक चुप थे, शायद यह सोच रहे थे की और पूछे क्या? तभी आइशा बोली-

"तुम इतने शांत क्यों हो? जैसे पूरी दुनिया का बोझ तुम्हारे ही कंधे पर हो। कुछ खो गया है क्या?"

वेद खिड़की के बाहर देखते हुए, धीमी आवाज में बोला- "नहीं... बस कुछ यादें है, जो हर पल साथ रहती है।"

"पता है वेद, कभी-कभी यादों को खिड़की से बाहर फेंक देना चाहिए, बिल्कुल इन गुजरते हुए पेड़ों की तरह। अगर पुराना पीछे नहीं छूटेगा, तो नया सामने कैसे आएगा?"

"कुछ यादें इतनी सुनहरी होती है कि उन्हे चाहकर भी नहीं भुलाया जा सकता, आइशा।" वेद उसकी आँखों में देखते हुए बोला।

ट्रेन कि रफ्तार कम हुई और वह एक झटके के साथ छपरा जंक्शन पर आकर रुकी। आइशा ने गाना pause किया। एक एयरपॉड वेद के कान मे था और दुसरा आइशा के। गाना बंद होते ही जैसे उस शोर भरे स्टेशन पर भी उन दोनों के बीच एक निज़ी खामोशि पसर गई। आइशा बोली-"मुझे भूख लग रही है, सुबह से कुछ नहीं खाया।"

"तो खा लो रुकी क्यों हो।"

"ट्रेन चलेगी तो खाऊँगी।" इतना कहकर आइशा ने दूसरा गाना play कर दिया और खिड़की से बहर देखने लगी।

"हुआ है आज पहली बार,

जो ऐसे मुस्कुराया हूँ।

तुम्हें देखा तो जाना ये,

की क्यों दुनिया में आया हूँ।"

थोड़ी देर में लोकोपायल्ट ने ट्रेन की सिटी मारी। प्लेटफार्म पर खड़े लोगो में हड़बड़ाहट हुई। चाय, समोसे वाले ट्रेन से उतरने लगे और जो उतरे थे वो चढ़ने लगे। ट्रेन अपने निर्धारित समय पर छपरा जंक्शन को पीछे छोड़ दी।

ट्रेन के कुछ देर चलने के बाद आइशा ने अपने बैग से लंच बॉक्स निकाला जिसमें उसकी माँ ने पूरी, भिंडी का भुजिया और एक आम का अचार दिया था। खाना निकालते ही उसने वेद से साथ खाना खाने को आग्रह किया। लेकिन वेद ने मना कर दिया। पर आइशा ने उसकी ना को अनसुना कर खुद एक निवाला खाया और फिर दुसरा निवाला वेद के मुख के पास ले गई। उसकी आँखों मे एक शरारती मगर मासूम सी जिद थी।

"अपने हाथ से नहीं खाना चाहते तो हमारे हाथ से ही खा लो, यकीन मानो आज तक किसी दूसरी लड़की ने तुमको इतने प्यार से नहीं खिलाया होगा। क्या पता... ये मौका फिर कब मिले?"

इतने जोरदार आग्रह को वह ठुकरा न पाया और मुस्कुराते हुए उसने खा लिया और बोला- "यार तुम बहुत Extrovert हो।"

"नहीं तो क्या, तुम्हें क्या लगा मैं पुराने जमाने की हूँ।"

ट्रेन अपनी पूरी स्पीड से चल रही है, खिड़की से दिखने वाले घर, पेड़, तालाब, बिजली के खंभे ऐसे पीछे छूटते

जा रहे है जैसे की कभी दिखे ही ना हो। जीवन में कभी-कभी कुछ ऐसे लोग आते है, जिनसे मिलकर ऐसा लगता है की हम उन्हें कभी नहीं भूल पायेंगे, लेकिन फिर हम उन्हें इस तरह भूल जाते है की कभी मिले ही ना हो। फिर उनका जिक्र न हमारे ख्यालों में होता है और न हमारे विचारो में।

आइशा खाते वक्त अपने दोनों हाथों का इस्तेमाल करती थी। खिड़की से आती तेज हवाओं ने उसके कुछ बाल खोल दिए थे जो बार-बार उसे परेशान कर रहे थे। दोनों हाथों का खाते वक्त इस्तेमाल करने के कारण वो उसे ठीक नहीं कर पा रही थी। उसने वेद से कहा-

"जरा इन बालों को ठीक कर दोगे, बार-बार मुझे परेशान कर रहे है।"

थोड़ा-सा संकोच का भाव रखते हुए लेकिन बिना कुछ बोले उसने अपने बाये हाथ की तर्जनी उंगली से उसके बाल को पीछे की तरफ़ सँवार दिया।

वेद के चेहरे पर उभरे संकोच के भाव को देखकर आइशा ने कहा- "अरे यार इसमें इतना क्या शर्माना कभी किसी लड़की के बाल नहीं सँवारे क्या।"

“कभी किसी ने मौक़ा ही नहीं दिया।” वह हल्का-सा हँसते हुए बोला।

आइशा खाना ख़त्म करके हाथ धोने wash Basin की ओर चली गई, वेद के हाथ जूठे नहीं थे इसलिए उसे जाने की जरूरत महसूस नहीं हुई।

हाथ धोकर आने के बाद बैग से बोतल निकाल कर पानी पिया और वेद को भी पिने के लिए बोतल दिया। वेद ने जैसे ही पानी पीना शुरू किया लोकोपायलट ने सीटी के साथ ब्रेक मारी जिससे थोड़ा पानी उसके उपर गिर गया। ऐसा देख आइशा हँसते हुए बोली-

“अभी तक तुम्हें पानी पीने भी नहीं आया।”

वेद ने हँसती हुई आँखों से उसकी ओर देखा पर कुछ बोला नहीं।

एक दूसरे को जानते समझते कब सफ़र ख़त्म हो गया, पता ही नहीं चला और ट्रेन पटना जंक्शन पर आकर रुकी। कुछ घंटे के सफ़र ने दो अजनबियों के बीच जैसे एक सदियों पुराना रिश्ता बना दिया है, कम से कम आइशा के लिए तो ऐसा ही है। उसे लग रहा है की वह वेद को पूरी तरह जान

गई है, लेकिन कोई किसी को कभी पूरी तरह जान या समझ ही नहीं सकता। हम केवल किसी की मन की बात को समझने का प्रयास कर सकते है और शायद कई बार सफल भी हो जाए पर इसका अर्थ ये नहीं है की हम उसे पूरी तरह जान गए।

आइशा वेद की ओर देखती हुई धीरे से बोली- "वेद, कभी-कभी कुछ सफ़र मंजिल से ज़्यादा ख़ूबसूरत होते है... क्या तुम्हें नहीं लगता की ये सफ़र थोड़ा जल्दी ख़त्म हो गया।"

वेद ने हँसते हुए जवाब दिया- "अरे नहीं बाबा! अच्छा हुआ टाइम पर पहुँच गए, मुझे रूम पर बहुत सारा काम भी है।"

दोनों ट्रेन से एक साथ ही उतरे और एक साथ ही जंक्शन से बाहर निकले है। मुख्य द्वार के ऊपर लगी बड़ी सी घड़ी में 2:30 बज चुका है। आइशा ने ved से पूछा-

"लंच करने चले क्या?"

"नहीं, मुझे भूख नहीं है।"

"भूख तो मुझे भी नहीं है।"

“फिर पूछा क्यूँ?”

“सोचा इसी बहाने कुछ देर और साथ रह लेंगे।”

“Flirt करने का तरीका थोड़ा casual है।” वेद ने मुस्कुराते हुए कहा।

“लंच नहीं तो चलो कुछ देर यू ही साथ चलते है, जब तक रास्ते अलग ना कर दें।” आइशा ने वेद की ओर देखते हुए कहा।

कुछ देर साथ चलने के बाद अब उन दोनों के रास्ते अलग होने थे। आइशा ने वेद की आँखों में देखते हुए कहा-

“क्या हम दोबारा मिलेंगे? मतलब, कुछ बातें अधूरी रह गई हैं।”

“अधूरी बातें? तुम तो nonstop बोल रह थी।” वेद ने उसका मजाक उड़ाते हुए कहा।

अब वेद ऑटो लेने जाने लगा, आइशा थोड़ी देर वहाँ खड़ी उसे देखती रही। फिर उसने अचानक जोड़ से पुकारा-

“वेद”

“क्या हुआ” उसने पीछे मुड़कर कहा

“कुछ नहीं, बस यूँ ही” आइशा समझ नहीं पाई की उसने वेद को क्यों पुकारा है, शायद आखरी बार उसे अपनी आँखों में बसा लेने के लिए।

वे दोनों अब अलग हो चुके है। दोनों ही ये सोचते हुए जा रहे है की काश सफ़र थोड़ा और लंबा होता। कभी-कभी हम ऐसे व्यक्ति से मिलते है, जिनके साथ समय बिताना हमे अच्छा लगता है। उनके साथ बिताए हर पल जीवन के सबसे अच्छे पलों में शामिल हो जाता है, लेकिन समय हमे ज़्यादा देर साथ रहने नहीं देता। शायद समय ठीक ही करता है, क्योंकि ज़्यादा देर साथ रहने से हमे एक-दूसरे की आदतें और कमियाँ खलने लगती है, जिससे वह विशेष व्यक्ति कुछ समय बाद सामान्य बनकर रह जाता है। कभी-कभी साथ रहने से बिछड़ जाना ही बेहतर होता है।

4

21Oct 2023

आज कॉलेज में छुट्टी है, क्योंकि दुर्गा पूजा शुरू

हो चुकी है और आज महासप्तमी का दिन है। फिर भी वेद आज कॉलेज गया था क्योंकि उसे ऑफिस में कुछ फाइलें सबमिट करनी थी। कॉलेज से आकर वह थकान के करण बिना कुछ खाये ही सो गया है। अभी उसे नींद में गए कुछ ही समय हुआ है तभी फ़ोन का रिंगटोन बजा-

"कल परसों दी मैनू, एक नम्बरों कॉल आँदी है,

मैनू लगता है मेरी सहेली, मैनू फ़ोन मिलौंदी है।"

सहसा उसकी नींद टूटी। उसे कॉल रिसीव करने का जरा भी मन नहीं था, मगर जब उसने फ़ोन देखा तो आइशा का कॉल आ रहा था। दो महीनें गुज़र चुके थे यह पहली बार था जब आइशा ने उसे contact किया था। जंक्शन से बिछड़ने के बाद उन दोनों ने एक-दूसरे से किसी भी तरह से बात नहीं की थी।

फ़ोन रिंग होकर कट हो चुका था, वेद ने call back किया। आइशा के फ़ोन उठाते ही उसने पूछा-

"कैसी हो?"

"ये सब बात छोड़ो, क्या तुम अभी मेरे रूम पर आ सकते

हो?"

"हाँ, पर बात क्या है?"

"अरे यार, मुझे इस चुड़ैल के साथ अब नहीं रहना।"

"पर हुआ क्या है?"

"ज़्यादा सवाल मत पूछो, जल्दी से आओ।"

"ठीक है, locotion send करो।"

वेद जल्दी से कपड़े बदलकर ऑटो में बैठा और उसके रूम की ओर चल दिया।

आइशा बैग पैक करके, वेद का इंतजार कर रही थी। उसने सोचा था की कुछ दिनों के लिए वेद के यहाँ ही रुक जाएगी। कुछ देर बाद एक ऑटो उसके घर के सामने आ कर रुकी। आइशा first फ्लोर के बालकनी में खडी थी, उसने ऑटो से उतरते हुए वेद को देखा। उसके भीतर एक अलग भाव उत्पन्न हुआ, जिसे वह समझ नही पाई।

जब दोनों ने एक-दुसरे को देखा तो आइशा ने उसे सीढ़ियो की ओर इशारा करके ऊपर बुलाया। ऊपर जाते ही वेद

ने उसे चिढ़ाने के लिए पूछा-

"क्या हुआ, तुमने अपनी फ्रेंड से झगड़ा क्यों किया।"

"क्या बोले! मैंने झगड़ा किया है, तुम्हें मैं झगड़ालू लग रही हूँ। उस चुड़ैल से जाकर पूछो की क्यों किया झगड़ा। उसके साथ मैं एक सेकेंड भी नहीं रह सकती।"

ये सुनते ही अंदर से एक लड़की चिल्ला पड़ी- "जा-जा तेरे साथ रहना भी कौन चाहता और चुड़ैल तू है मैं नहीं।" आइशा गुस्से-से आग बबूला होकर अंदर जाने लगी तभी वेद ने उसका हाथ पकड़ा और हँसते हुए बोला-

"अरे आइशा सोच लो, जहाँ प्यार होता है, वहाँ लड़ाई भी होती है।"

"तुम्हें इस वक्त भी मजाक सूझ रहा है। तुम अपना ज्ञान अपने पास रखो और यहाँ से जल्दी चलो।"

"पर चलना कहाँ है?"

"सोच रही हूँ, जब तक दूसरा रूम नहीं मिल जाता तब तक तुम्हारे साथ ही रह लू, अगर तुम्हें कोई प्रॉब्लम न हो तो। वो क्या है की मेरी friends हॉस्टल में ही रहती है और एक-दो

जो बाहर रहती है, उनके साथ तो... तुम देख ही रहे हो।"

"लेकिन तुम्हारी मौसी भी तो यही रहती है न।"

"हाँ रहती तो थी, पर कुछ दिन पहले मौसा जी के Transfer की वजह से पूर्णिया शिफ्ट हो गई है। अगर तुम्हें कोई प्रॉब्लम है तो अभी ही बता दो।"

"नहीं, कोई प्रॉब्लम नहीं है।" उसने कह तो दिया की कोई problem नहीं है, लेकिन वेद के लिए यह काफ़ी अजीब था। वह लड़की जिससे वह पहले सिर्फ़ एक बार कुछ घंटों के लिए मिला था, आज अचानक वह उसके साथ रहने के लिए बोल रही है।

दोनों फिर ऑटो से वेद के रूम की ओर चले। हल्की बारिश हो रही थी। बरसाती ठंडी हवाओं ने धीरे-धीरे आइशा के गुस्से को शांत कर दिया। तभी वेद ने एक सवाल पूछा जिससे की उसका सर फिर गर्म हो गया-

"तुमने बताया नहीं लड़ाई किस बात पर हुई थी।"

ये सुनते ही आइशा की भौहे समीप आ गई और वो गुस्से से बोल पड़ी-

“वेद, तुमने फिर उस चुड़ैल का चेहरा याद दिला दिया।”

“अच्छा छोड़ो उस चेहरे को बस ये बता दो लड़ाई किस बात पर हुई थी।”

“दो लड़कियों के बीच की लड़ाई जानकर क्या करोगे।”

थोड़ी देर बाद तेज बारिश होने लगी, पानी की बूंदे भीतर आने के कारण ऑटोवाले ने पर्दा गिरा दिया।

लगभग 15-20 मिनट बाद ऑटो वाले ने ब्रेक मारी। वेद ने पर्दा हटाकर देखा तो घर दिख रहा था। उसने ऑटो वाले को पैसा दिया और दोनों ऑटो से निकालकर तेजी से भागे ताकि भींग न जाए।

वेद ने दरवाज़े पर लगे ताले को खोला और लाइट जलाई। लाइट जलाते ही आइशा अपने सामान को दरवाजे पर ही छोड़कर तुरंत अंदर आकर फ्लैट के हर एक कोने को जिज्ञासापूर्ण नेत्रों से देखने लगी। वेद दरवाज़े पर से बैग अंदर लाते हुए बोला-

“ऐसे क्या इतना surprisely देख रही हो, पहले कभी किसी

लड़के का रूम नहीं देखा क्या?"

"देखा है, मगर आजतक किसी लड़के का रूम इतना साफ़ नहीं देखा। इसे देखकर तो लड़कियाँ भी शर्मा जाए।"

अचानक उसकी नजर वेद के बेडरूम में लगी sketches की ओर पड़ी।

"Oh my god, so pretty.ये sketches तुमने बनाया है।"

"हाँ मैंने बनाया है पर और तारीफ़ नहीं, मुझे अपने आर्ट की तारीफ़ पसंद नहीं।"

"ठीक है बाबा नहीं करती। पर सच में बहुत अच्छी है।"

"पर ये सब लड़कियों की ही sketches क्यों है?"

"क्योंकि मुझे लड़कियाँ पसंद है, लड़के नहीं।" दोनों हँसने लगे।

इन सब sketches से नजर हटते ही उसकी नजर एक ऐसे sketch पर पड़ी जो की बेड के सिरहाने के ठीक सामने लगी थी। वह किसी लड़की की केवल आँखों की ही स्केच थी। पर वो आँखें इतनी गहरी और प्रभावी थी की ऐसा

लग रहा था जैसे वो सीधे देखने वाले की रूह को पढ़ रही हो। कुछ देर तक वो आँखें आइशा को देखती रही और आइशा उस स्केच को।

"ये किसकी आँखें है, जिसे तुम सोने के पहले और उठाने के बाद सबसे पहले देखते हो। और हाँ ये केवल आँखों की ही क्यों है?" आइशा ने उस sketch को छूते हुए पूछा।

"शायद कभी मैं इसके आँखों से बाहर ही नहीं निकल पाया।"

वेद की नजर घड़ी पर गई पाँच बाज चुके थे। उसे याद आया की भगा-दौड़ी में वो अभी तक कुछ खाया नहीं है। उसने आइशा से पूछा-

"छोड़ो ये सब, मुझे भूख लग रही है। जा रहा हूँ कुछ बनाने, तुम क्या खाओगी।"

"जो तुम्हें अच्छा लगे, वो बना दो।" आइशा को आते-आते फ़र्माइश करना ठीक नहीं लगा।

"पास्ता खाती हो, न।"

"हाँ।"

वेद जाने लगा तभी आइशा बोली-

“Sorry तुम्हें तकलीफ़ दे रही हूँ, पास्ता के साथ चाय भी बना सकते हो क्या?”

“मैं चाय नहीं पीता, कॉफी चलेगी?”

“हाँ, पसंद तो नहीं है पर तुम्हें पसंद है तो बना दो मैं भी पी लूँगी।”

वेद खाना बनाने चला गया और आइशा रूम के एक और कोने को निहारने लगी जहाँ ढेर सारी किताबें थी। एक row में कॉलेज की किताबें थी और बाक़ी सभी में हिंदी साहित्य की। उनमें से एक किताब लेकर वह बगल में रखी कुर्सी पर बैठकर उसके Highlights पढ़ने लगी।

किताब का नाम ‘गुनाहो का देवता’ था।

“चंदर का हाथ तैश में उठा और एक भरपूर तमाचा सुधा के गाल पर पड़ा। सुधा के गाल पर नीली उँगलियाँ उमट आयीं। थोड़ी देर बाद सुधा बोली-

“चंदर, देखे तुम्हारे हाथ में चोट तो नहीं आई।”

"तुम घबराओ मत चन्दर मैं मृत्यु शैय्या पर भी होऊँगी तो तुम्हारे आदेश पर हँस सकती हूँ।"

इसके बाद उसने shelf से दूसरी किताब निकाली "देर रात तक"

"असल में हम किसी से प्रेम नहीं करते। हम प्रेम में है, इस विचार से प्रेम कर रहे होते है।"

"तुम जितना दे सकते थे प्रेम में तुमने दे दिया, अब उसे उस प्रेम की चाह नहीं तो विदा लो। प्रेम कोई भीख नहीं, जिसे मांगा जाए।"

इसके बाद वह 'चाँदपुर की चंदा' किताब की Highlights पढ़ रही थी, तभी वेद ने उसे पुकारा- "खाना तैयार है, चलो बालकनी में खाते है।"

यू तो बॉलकनी ज़्यादा बड़ी नहीं है, इसके एक कोने को सफेद गुलाब ने ढक रखा है और दूसरे कोने में एक कुर्सी लगी है। हल्की बारिश हो रही है, कभी-कभी पश्चिम से आती हवा वर्षा की कुछ बूँदों को बालकनी में धकेल दे रही है। वेद बालकनी में आते ही नीचे बैठ गया ताकि आइशा कुर्सी पर बैठ सके।

आइशा चाँदपुर की 'चंदा' की बातों से इतनी प्रभावित हुई की वेद की पहली पुकार को सुन नहीं पाई। वेद ने दोबारा आवाज लगाया है।

दूसरी पुकार सुनते ही वह झट से जाकर वेद के सामने बैठने लगी। तभी वह आश्चर्य से कुर्सी की ओर इशारा करते हुआ बोला- "नीचे क्यों बैठती हो? कुर्सी पर बैठो।"

आइशा थोड़ा मुस्कुराती हुई, बड़े ही नज़ाकत के साथ अपनी हथेली हो मुँह पर रखती हुई बोली-

Aww! Never

We are roommates now

We have to share everything

highs and lows, ups and downs

वेद हँसते हुए बोला-

"flirt करने का तरीका थोड़ा casual है।"

"वेद एक बात पूछूँ? Maths के student हो के हिंदी नॉवेल में इतना interest कैसे, सेल्फ में text book से ज़्यादा तो

हिंदी नॉवेल है।" आइशा पास्ता का एक बाईट लेते हुए बोली।

"एक किताब पढ़कर हम लेखक के उन सभी अनुभवों को जान लेते है, जिसे जानने में उन्हें न जाने कितने वर्षों का परिश्रम लग जाता है। और दूसरी बात मैं प्रेम को जानना चाहता हूँ। आइशा, इन किताबों में जो दर्द और समर्पण है वो शायद आज के समय में कहीं खो गया है।"

आइशा ने एक गहरी साँस ली और धीरे से पूछा-

"तो... अब तक क्या जाना तुमने प्रेम के बारे में?"

वेद की आवाज थोड़ी गंभीर हो गई "मुझे ऐसा लगता है- प्रेम तो एक-तरफा ही होता है, क्योंकि इसमें हमें सामने वाले से कोई उम्मीद नहीं होती। वो सिर्फ मेरा है, सिर्फ मेरा, कोई उसे मुझसे छीन नहीं सकता, ख़ुद वो भी नहीं।"

"किसी ने कहा था की- मैंने चुना चुप रहकर तुमसे प्रेम करना क्योंकि मौन में मुझे अस्वीकृति नहीं मिलती। अर्थात हमे सिर्फ सामने वाले से प्रेम करना चाहिए, उससे हुबहू प्रेम पाने की इच्छा में दुख-ही-दुख मिलता है।"

वेद की बातें सुनकर आइशा पूरी तरह उलझ गई

है, उसने पूछा है की-

"तो क्या हम जिससे प्रेम करते है जिसको प्रेम देते है, उससे प्रेम मिलने की इच्छा भी नहीं रखनी चाहिए।"

"जो माँगने से मिले वो प्रेम नहीं हो सकता। और जिसके पास प्रेम है उसके पास सब कुछ है। वो इतना दीन नहीं हो सकता ही उसे सामने वाले से कुछ माँगन पड़े। क्या पता हम जिससे प्रेम माँग रहे हो, उसके पास देने के लिए हो ही न। इसलिए हमें उससे प्रेम मिलने की आश नहीं रखनी चाहिए। बस हमें उससे प्रेम करना चाहिए, उस Most Beautiful Feeling के साथ जीना चाहिए।

हाँ, पर हम उसे इतना प्रेम दे सकते है की वो एक दिन प्रेम देने में समर्थ हो जाए।"

आइशा ved को सुनते-सुनते न जाने कहाँ खो गई है, उसकी निगाहें वेद के चेहरे पर रुक गई है।

"कॉफ़ी भी पियो, नहीं तो ठंडी हो जाएगी।"

खाना ख़त्म करके वेद प्लेट किचन में रखने चला गया और आइशा उठकर कुर्सी पर बैठ गई।

वेद आया और बिना कुछ बोले बालकनी की रेलिंग से टिक कर डूबते सूर्य को देखने लगा। कुछ ही देर में वह सूर्य से बातें करने लगा, वो डूबने को तैयार था लेकिन वेद ने उसे बातों में उलझा रखा था। आइशा उसके चेहरे को ऐसे निहार रही थी जैसे की उसमे कुछ ढूँढ रही हो। तभी अचानक पश्चिम से आती तेज हवा उसके चेहरे पर ऐसे लगी की उसने मुँह घुमा लिया। नज़र हॉल में रहे गिटार पर पड़ी। उसके मुख पर उत्सुकता का भाव उभर आया। उसी भाव के साथ गिटार पर नजरें गरायें उसने वेद से पूछा-

"क्या तुम्हें गिटार भी प्ले करने आता है?"

"हाँ, आता है।"

"लाऊँ, बजाकर सुनाओगे। देखो मौसम भी कितना pleasant है।" आइशा ने उसकी तरफ़ देखते हुए भाव-विभोर होकर कहा।

सूर्य से चल रही बातचीत को कुछ देर रोककर आइशा की ओर मुड़कर वेद ने कहा- "नहीं यार, मूड नहीं है। देखो बारिश भी रुक गई है, और सूरज भी ढलने को है।" वह मुड़ा और फिर बातचीत शुरू हो गई।

आइशा ने कुछ नहीं कहा लेकिन उसके चेहरे पर छायी खुशी न जाने एक पल में कहाँ गुम हो गई। उसने कुर्सी पर अपना पीठ टिका लिया और सोचने लगी की कुछ दिन तो यही रहना है, सुन लेंगे फिर कभी।

कुछ देर तक दोनों अपनी-अपनी अवस्था में बने रहे। थोड़ी देर बाद आइशा जाकर वेद के बगल में खड़ी हो गई। आइशा को बगल में खड़ा देख वेद सूर्य से चल रही बातों को अधूरा छोड़ आइशा से बातें करने लगा। जिसे देख सूर्य नाराज होकर वैसे ही डुब गया, जैसे रोज़ डूबा करता था। उन्हें बातें करता देख पश्चिम से आती हवा खुश थी, बालकनी में लगे सफेद गुलाब खुश थे, शहर खुश था, वेद थोड़ा खुश था, आइशा थोड़ा-सा ज्यादा खुश थी, नाराज था तो सिर्फ सूर्य, अँधेरा पसड़ चुका था।

पटना की गलियों में दुर्गा पूजा की धूम है। सभी जगह पंडालों में प्रतिमाओं के मुख खुल चुके है और दर्शन शुरू हो गया है। पंडालों में लगे लाउड स्पीकर का आवाज सभी जगह गूँज रहा है। सड़कों पर लोगों की भीड़ उमड़ आई है। वेद

अपने कमरे में कुर्सी पर बैठा किताब पढ़ रहा है, उधर आइशा बालकनी में खड़ी अपनी किसी फ्रेंड को दिन भर की घटना सुना रही है। तभी गली के नाके पर बने पंडाल के लाउड स्पीकर का आवाज और लाउड हुआ, आवाज कमरे तक आने लगी।

दिन भर की भगा-दौड़ी में दोनों भूल ही गए थे की आज मेले का पहला दिन है। गाने की आवाज सुनते ही आइशा ने तुरंत अपनी फ्रेंड का कॉल कट करके वेद के पास गई और बोली-

“मैं तो भूल ही गई थी की आज से मेला शुरू हो रहा है, चलो ना घूम कर आते है।”

“हाँ, तो चलो चलते है, घूमने के साथ-साथ कुछ खा भी लेंगे तो खाना नहीं बनाना पड़ेगा।”

“ठीक है, तो तुम तैयार हो जाओ मैं हॉल में वेट करता हूँ।” वेद ने कमरे से बाहर जाते हुए कहा।

“क्या पहनूँ?”

“कुछ भी, जो तुम्हें पसंद हो।”

“रोज तो अपनी पसंद से पहनती ही हूँ, आज तुम कुछ suggest करो।”

“Well ठीक है, Options दिखाओं।”

“वैसे तुम क्या पहनोगे?”

“White Kurta और Black Jeans.”

“अच्छा तो तुम दस मिनट वेट करो मैं तैयार होकर आती हूँ।”

आइशा तैयार होने लगी तब तक वेद बालकनी में खड़े होकर बाहर देखने लगा। कुछ देर के लिए गाना बंद हुआ था तो उसने माँ के पास फोन करके आज की सारी बात बता दी। वेद एक अच्छे परिवार से था, परिवार के सभी लोग Well Educated और Modern थे। इसलिए उन्हें ये बात उतनी बड़ी नहीं लगी, जितनी एक मध्यम वर्गीय परिवार के लिए हो सकती थी। सारी बात सुनने के बाद माँ ने बस इतना कहा-

“ठीक है, ध्यान रखना। उससे बात करवाओ।”

“वो रूम में तैयार हो रही है, हमलोग मेला घुमने जा रहे है।”

"अच्छा ठीक है, लेकिन मेला में उसे खो मत देना।"

"क्या यार मम्मा, बच्चे थोड़ी ना है की खो जाएँगे।"

"हाँ, अब तो बड़े-श्याने हो गए हो।" दोनों हँसने लगे।

माँ से बात करके वह थोड़ी देर फिर गली में इधर-उधर खेल रहे आवारा कुत्तो को देखने लगा। कुछ देर बाद फिर किसी ने गाना प्ले कर दिया। गाने की तेज आवाज के बीच आइशा का कमरे से पुकारना वेद को सुनाई नहीं पर रहा था। वह उसे पुकारती हुई बालकनी के दरवाजे पर आकर खड़ी हो गई और अपने कपड़े को सवारती हुई बोली-

"कैसी लग रही हूँ?"

वेद थोड़ी देर तक कुछ बोल न सका, बस उसे देखता रहा। उसने White Colour का S-Kirt और Black Top T-Shirt के साथ में White दुपट्टा डाला था। एक हाथ में चूड़ियाँ तथा दूसरे में छोटी-सी घड़ी थी। उसके बाल खुले थे, आँखों में पतला काजल और भौहों के बीच छोटी-सी काली बिंदी थी जो की उसके आँखों मे डूबने से बचा रही थी। मगर इसे बचाने से पहले ही आइशा ने बचा लिया और पूछा- "बताओं ना, कैसी लग रही हूँ?"

"सुंदर लग रही हो।" मगर गाने की तेज आवाज के कारण उसे सुनाई दिया की "बहुत-ही सुंदर लग रही हो।" ये सुनकर वह और खुश हुई जिससे उसकी सुंदरता और निखर गई।

"जाओं तुम भी change कर लो।"

वेद change करके आया तब तक बिजली जा चुकी थी। आइशा बालकनी की रेलिंग से टिक कर खड़ी थी। उसका आधा चेहरा दिख रहा था, चाँद की रौशनी में सफेद गुलाब और आइशा दोनों चमक रहे थें मगर ये कहना थोड़ा कठिन था की चाँद ज्यादा चमक रहा था या आइशा। उन दोनों के बीच हो रहे द्वन्द में सफेद गुलाब भी आइशा का ही पक्ष ले रहे थे। वह कुछ देर हॉल में खड़े-खड़े इस खूबसूरत पल को कैद करता रहा। लगभग दो मिनट से ज़्यादा हो चुका था, पर उसके लिए तो समय रुक-सा गया था।

आइशा मुड़ी तो उसने देखा की वेद तैयार होकर खड़ा है। उसने फिल्मी अन्दाज में कहा- "यार, हैंडसम तो तुम हो।" वो थोड़ा-सा झेप गया, बात को बदलने के लिए उसने कहा- "चलते है, नहीं तो आने में देरी होगी।" जाने से पहले आइशा ने वेद के साथ अपने iphone मे कुछ selfies ली।

आइशा को सोते वक्त अंधेरा पसंद है। उसकी आँखें बेड के सामने लगे sketch पर रुकी हुई है। पूरे रूम में सिर्फ़ वह sketch ही दिख रहा है, क्योंकि बाहर से आती रौशनी की किरण केवल वही पड़ रही है।

"आदर्श दुर्गा पूजा समिति आप लोगो का हार्दिक अभिनंदन करता था, करता है और करता ही रहेगा। एक लड़का खो गया है जो अपना नाम सोनू बता रहा है। जिस किसी का भी हो वो पंडाल के कार्यालय में आ कर ले जाए, बच्चा बहुत रो रहा है।"

"यार वेद, कितना बड़ा पंडाल है।"

"हाँ, ये area का सबसे बड़ा पंडाल है।"

"सभी लोगों से अनुरोध है की अपने सामान की रक्षा स्वंय करे, चोरी हो जाने के बाद मिलने की कोई संभावना नहीं है।"

"मेरा फोन तुम अपने पास रख लो 'माता जी' की अच्छी-सी फोटो ले लेना woman's line में ज़्यादा ही भीड़ है।"

"पंडाल से निकलने के बाद Exit Point के Right Side में.., मैं रुकूँगा तुम वही आ जाना।

"कहाँ चला गया यार, मझसे तो पहले ही निकला था,10min

से ज़्यादा हो गया कहीं दिख भी नहीं रहा।"

"शायद वह वेद का ही हाथ है, घड़ी तो उसी की लग रही है।"

"ओ मैडम, जरा धीरे चलो इतनी जल्दी क्या है? सामने वाला बढ़ेगा तभी तो हम भी बढ़ेंगें।"

"कहा चली गई थी?"

"तुम ही तो बोले थे की left side में रुकना।"

"left नहीं, right बोला था।"

"हाँ, तुम लड़के तो हर बार right ही होते हो।"

"चलो ठीक है, मिल तो गए माँ ने बोला था की उसे मेले में खो मत देना।"

"अब तक खोए ही तो थे, अब जाकर मिले है।"

खिड़की से आती रौशनी अब बंद हो गई, बाकि sketches की तरह ये sketch भी अंधेरे में सो गई। लगता है कुछ देर आइशा से बात करने के लिए ही जगी थी। हॉल में एक अलग बिछावन वेद का इंतजार कर रहा था, उसका इंतजार

भी अब खत्म हुआ।

“शायद मुझे उसका हाथ नहीं पकड़ना चाहिए था, अगर वो वेद नहीं होता तो...। मैंने उसका हाथ कितना कस के पकड़ लिया, बिना उसका चेहरा देखे। एक पल के लिए लगा की कही भीड़ उसे फिर से मुझसे दूर न ढकेल दे।”

“क्या मैं नहीं मिलती तो वेद मुझे वही ढूंढता या वापस घर आ जाता? मेरा फोन भी तो उसके पास ही था और मेरे पास भी होता तो क्या इतने शोर में हम बात कर पाते? पर मैसेज तो कर ही सकते थे तब शायद मिल जाते। पर मुझे ऐसा क्यों लग रहा है की वो मुझे कैसे भी ढूंढ़ लेता?”

“कितना अच्छा लड़का है न मेरे एक कॉल पर वो आकर मुझे अपने रूम पर शिफ्ट कर दिया। मेरे बेस्ट फ्रेंड्स भी कोई न कोई बहाना बना देते। वैसे रहने के लिए अच्छा जगह है पर किसी लड़के के साथ अकेले रहना शायद सही नहीं होगा। वह भी क्या सोचेगा, गले ही पर गई। कुछ ही दिनों में दूसरे रूम पर शिफ्ट हो जाऊँगी, लेकिन दशहरा के बाद अभी इसके साथ मेला घूमने में मजा आ रह है। क्या, मैं ये सब फालतू की बातें सोच रही हूँ। इतनी रात हो गई है, सो जाना चाहिए पर नींद भी तो नहीं आ रही।”

"वो खरीदे क्या?"

"अरे यार, वो बच्चे बजाते है या आवारा लड़के।"

"पता है पर, मुझे भी एक बार बजाना है।"

"तो ले लो।"

"बजाकर देखू, कोई लड़का मुझे ताड़ता है की नहीं।"

"पू......"

"पू..., पू..., पू..., पू......"

"लो देख लिया बजाकर कैसा लगा?"

"मुझे नहीं पता था की मैं इतनी सुंदर हूँ, देखा लड़कों ने मेरे बजाते की बजाना शुरू कर दिया।"

"छोड़ो भी अब रख लो।"

"ये लो, एक बार तुम भी बजा लो।"

"नहीं मुझे इन सब चीजों का कोई शौक नहीं है।"

"शौक नहीं है या कोई खूबसूरत लड़की नहीं दिख रही।"

"गजब, कुछ भी बोल दो।"

"अरे मुझे ही देख के बजा लो ये भोपू।"

"नहीं, thank you."

"क्यों मैं सुंदर नहीं हूँ। छोड़ो तुम नहीं बजाते तो लो मैं तुम्हें देख के बजा देती हूँ, आखिर तुम ताड़ने लायक हो ही। पू......"

"चलो उस चुड़ैल के कारण कुछ तो अच्छा हुआ वैसे भी उसके चोचले अब मैं नहीं सह पाती सही किया की यहाँ आ गई। माँ को तो ये सब बताया ही नहीं, छोड़ो कल बता दूँगी।" आइशा ने करवट बदली तो तुरंत उसे नींद आ गई।

उठते ही आइशा ने सबसे पहले अपना फोन खोला, 06:39 हो रहा था। फिर वह whats app पर आए कुछ मैसेज का reply देकर कल की photos देखने लगी। थोड़ी देर फ़ोन देखने के बाद वह रूम से निकलकर हॉल में आई। बिछावन वही पड़ा था, आराम कुर्सी पर बैठे-बैठे वेद सो गया था। कुर्सी धीरे-धीरे डोल रही थी, उसकी गोद में "दीवार में एक खिड़की रहती थी" किताब आधी खुली पड़ी थी। आइशा ने किताब को उठाया तो उसकी नजर खुले हुए पृष्ठ के अंतिम पंक्ति पर गई

"क्या तुम अभी उठ सकती हो?"

"नहीं मैं गहरी नींद में सो रही हूँ। तुम जगाओगे तो उठ जाऊँगी।"

बिना कोई आवाज़ किये आइशा ने किताब को फिर उसी तरह उसके गोद में रख दिया और फ्रेश होने चली गई।

दुर्गा पूजा की वो रौशनी और शोर अब धीरे-धीरे थम गई थी। पटना की गलियों में बिखरे हुए फूल और बचे हुए पंडाल अब एक बीते हुए त्योहार की याद दिला रहे थे। आइशा, वेद के रूम पर चार दिन और रही। वो दोनों जितने दिन साथ थे, सुबह के कॉफी से लेकर रात के विचारों तक सब एक-दूसरे से साझा हो रहा था। वे दोनों sunday को रूम देखने गए थे और खुश-किस्मती से, वेद के कमरे के बगल वाली गली में ही एक अच्छा-सा रूम मिल गया। मंगलवार को आइशा शिफ्ट हो जाएगी क्योंकि सोमवार को कॉलेज में Assignment Submit करना है और उस दिन वेद भी free है।

Monday, शाम

वेद बालकनी में बैठा कुछ पढ़ रहा था। आइशा

किचेन से मैगी बना कर लाई, उसे देख वेद नीचे बैठने लगा तो आइशा ने उसे रोका और कुर्सी पर बैठे रहने का इशारा करती हुई खुद उसके पैरों के पास फर्श पर बैठ गई। उसने एक चम्मच वेद की ओर बढाया।

"नहीं हमारा मन नहीं है, तुम खाओ।"

"इतने नखरें तो मेरे भी नहीं है, जितने की तुम्हारे है।"

वह बिना कुछ बोले फिर किताब में खो गया। आइशा उसे एक पल देखती रही, फिर एक चम्मच मैगी उठाया और वेद के मुँह के पास ले गई। वेद थोड़ा हिचकिचाते हुए मुँह खोला और खा लिया। आइशा थोड़ा गुस्सा और ज्यादा प्रेम से बोली-

"कोई खिलाएगा तो खा लेंगें, पर अपने हाथों से नहीं खायेंगें। कल जब हम चले जायेंगें, तो कोई पूछेगा भी नहीं की खाना खाया या नहीं।"

"बोल तो रहे है की कुछ दिन और रुको, तुम्हें ही शिफ्ट होने की जल्दी है।"

"और नहीं तो क्या, कितने दिन तुम्हें परेशान करूँ।"

“ऐसे बोल रही हो जैसे मेरे सर पर बैठी हो, इसमें परेशान करने वाली क्या बात है?”

“ना बाबा ना कल को तुम कहोगे की गले ही पड़ गई।”

“कुछ भी।”

“मजाक कर रही हूँ, मैं कहा लंदन जा रही हूँ। बगल की गली में ही शिफ्ट हो रही हूँ, जब बुलाओगे आ जाऊँगी।”

“मतलब सच में गले ही पड़ गई।” फिर दोनों हँसने लगे....।

आइशा बालकनी में बैठी थी, शाम की नारंगी रौशनी अब अंधेरे में बदल रही थी। उसका ध्यान धूप के आखरी निशान पर था, जो सामने वाली दीवार से फिसल रही थी। जैसे-जैसे धूप खत्म हो रहा था वैसे ही, उसका वेद के साथ रहने का वक्त भी खत्म हो रहा था। वह बार-बार वेद को देख रही थी जैसे उसके चेहरे को अपने दिमाग में हमेशा के लिए कैद कर रही हो।

आइशा का दूसरे रूम पर शिफ्ट होना कोई इतनी बड़ी बात नहीं थी, की उसका बखान किया जाए। बस एक बात अविस्मरणीय थी- उसका keep in touch कहना।

5

03Nov 2023

दो दिन तक आइशा का कोई ठिकाना नहीं था। वो अपने नए कमरे को सजाने में इतनी मगन थी की जैसे कोई 'Interior Designer' का National Award जीतने वाली हो। इस बीच उसने एक बार भी वेद को कॉल या मैसेज नहीं किया था। वेद अपने कमरे में अकेला बैठा है। शायद पहली बार उसे ये एहसास हो रहा है, की खामोशी का शोर कितना ज्यादा होता है। तभी फोन बजा।

"Hello, क्या हाल है। तुम तो यहाँ से जाते ही मुझे भूल गई।"

"मुझे जहाँ तक पता है, कॉल तो मैंने ही किया है, आपने नहीं।" आइशा की आवाज में वही पुरानी शरारत थी।

"सुनो ना, डिनर का कुछ प्लान किया है।"

"नहीं सोच रहा हूँ, क्या बनाऊँ।"

“मैं पूछ नहीं रही बुद्धू, बता रही हूँ की मैंने डिनर का कुछ प्लान किया है। मेरे नए कमरे की ‘Housewarming’ पार्टी समझो। बाहर चलते है, मेरी तरफ से treat!”

तैयार होकर वेद आइशा के गली के मोड़ पर खड़ा था। वहाँ किनारे पर एक मोमोस वाले ने ठेला लगाया था, जिस पर से एक लड़का और लड़की सेम प्लेट से मोमोस खा रहे थे।

“तुमको तीखी नहीं लग रही, कितनी तीखी चटनी है।” लड़के ने अपने आसु को पोछते हुए कहा।

“लड़कियों को तीखी नहीं लगती। बैग में पानी है, प्लेट पकड़ो देती हूँ।” लड़की मुस्कुराती हुई बोली।

थोड़ी देर में मोमोस खाकर वे दोनों वहाँ से चले गए तो वेद को एहसास हुआ की यहाँ खड़े हुए 10 min से ज्यादा हो गया तो उसने आइशा को कॉल किया-

“आ रही हूँ, आ रही हूँ, बस दो मिनट।” इतना कहकर उसने कॉल कट कर दिया।

Restaurant मैं बैठने के बाद, वेद ने तुरंत menu card उठा लिया। वो शायद इसलिए ऐसा कर रहा था ताकि आइशा की आँखों में ना देखना पड़े, क्यूँकि आज आइशा की खूबसूरती में एक अलग ही चमक थी। वेद मेनू कार्ड को इतनी गहरी नजरों से पढ़ रहा था जैसे वो किसी पुराने इतिहास की किताब का विश्लेषण कर रहा हो।

"वेद, तुम वही मंगवाओ जो तुम्हें पसंद है... पर याद रखना, बिल मुझे देना है तो थोड़ा 'budget' का ख्याल रखना!" आइशा ने आँख मारते हुए कहा।

आइशा सामने बैठी उसे देख रही थी। उसके खुले बाल बार-बार उसके चेहरे पर आ रहे थे। उसने एक गहरी साँस ली, अपने दोनों हाथों को पीछे ले गई और अपने खुले बालों का एक Bun बनाने लगी। पल-भर में ही उसने अपने हाथों को गोल-गोल घुमाकर बीना किसी रबर बैंड के, सिर्फ़ एक clutch से ही Messy Bun बना लिया। उसी क्षण, वेद ने मेनू कार्ड से नजरें हटायी। उसका ध्यान सामने बैठी उस लड़की पर गया जिसके चेहरे पर अब रौशनी सीधे पर रही थी। "क्या हुआ? Order नहीं मिल रहा है क्या?" आइशा ने शरारती अंदाज में पूछा, पर उसके दिल की धड़कने तेज थी। उसे पता था, की वेद उसे देख रहा है।

“नहीं... वो... तुम्हारे बाल,” वेद ने हिचकिचाते हुए कहा, “तुमने ये... गोल सा क्या बनाया है?”

“इसे ‘Bun’ केहते है, वेद! तुम्हें सच में कुछ नहीं पता”

वेद ने हँस कर ‘Panner Butter Mesala’ और ‘Messi Roti’ ऑर्डर किया। डिनर के दौरान आइशा ने अपने नए कमरे के किस्से सुनाए।

Restaurant से बाहर निकलते ही नवंबर की ठंडी हवा ने उनका स्वागत किया। वेद अपने जैकेट का कॉलर ठीक कर ही रहा था की आइशा की नजर सड़क के दूसरी तरफ गई। वहाँ एक छोटा-सा रोशनी से जगमगाता हुआ ice-cream का ठेला लगा था।

“वेद! वो देखो!” आइशा की आँखें चमक उठीं।

इससे पहले की वेद कुछ समझ पता, आइशा ने उसका हाथ पकड़ा और उसे खींचती हुई सड़क पार ले गई। वेद बस उसके पीछे-पीछे चला गया, उसने महसूस किया की आइशा की हथेलियाँ ठंडी थीं, पर पकड़ मजबूत होने के कारण वो धीरे-धीरे गर्म पर रही थी। ठेले के पास पहुँच कर आइशा ने बड़े उत्साह से कहा-“अंकल, दो बटरस्कॉच देना।”

“120 रूपिया” आइसक्रीम देते हुए, ठेले वाले ने कहा।

“क्या अंकल, लवर समझ कर ठग रहे हो, हम कोई प्रेमी नहीं है। सही भाव बताइए।” आइशा ने अंकल के मजे लेते हुए कहा।

“80 रुपिया”

आइशा ने एक बटरस्कॉच वेद की तरफ़ बढ़ायी। वेद ने उसे देखा और बोला- “तुम पागल हो, सर्दी है, गला खराब हो जाएगा।”

“अरे खाइए तो सही वेद बाबू! नवंबर की रात, पटना की सड़क, एक हाथ में बटरस्कॉच और दूसरे हाथ में एक hot लड़की का हाथ हो, तो temperature अपने-आप ही maintain हो जाता है।” आइशा बोलते-बोलते हँस पड़ी।

आइसक्रीम खत्म होते ही आइशा ने बैग से airpods निकाला और एक वेद की ओर बढ़ाते हुए गाना प्ले किया-

“चले तो काट ही जाएगा सफ़र आहिस्ता...., आहिस्ता...”

6

19Dec 2023

वेद एक सपना देख रहा है, जिसमें वह अपनी स्टडी टेबल पर बैठा कुछ लिख रहा है।

Hii....

मुझे पता है ये लेटर कभी तुम्हें मिलने वाला नहीं है, पर पता नहीं क्यूँ लिखकर सुकून मिलता है।

मुझे जरा भी उम्मीद नहीं था की तुम मुझे इस तरह दिख जाओगी।

आज मैंने तुम्हें लगभग तीन साल बाद देखा, तुम पहले से भी ज़्यादा खूबसूरत लग रही थी। मेरी नजर तुम्हारे चेहरे से हट नहीं रही थी। तुम्हारी बातें जो की कभी खत्म नहीं होती है, उन्हें सुनना मुझे बेहद पसंद है। मेरे साथ आए बाकी लोगों से तुम बात कर रही थी, तुम्हे देख मेरी धड़कन इतनी तेज हो गई की मुझे अपने अंदर कुछ महसूस नहीं हो रहा था। फिर थोड़ी देर बाद तुमने मेरी तरफ़ देखा, नज़र

मिलते ही धड़कन इतनी तेज हो गई की मैं कुछ बोलना चाह रहा था पर बोल नहीं पा रहा था। खुद को लाख मना करने के बाद भी मेरा right hand तुम्हारी ओर बढ़ गया, तुम्हारा हाथ मिलते ही ये सब मुझे सपना जैसा लगा की अब नींद टूटेगी और तुम मुझसे फिर दूर हो जाओगी।

अच्छा हुआ की याद आ गया, तुम्हें ज़्यादा सुनना पसंद नहीं, नहीं तो मैं न जाने कितनी बातें लिख देता जो की तुम कभी न पढ़ती। Bye....

एक बूँद इस खत पर पड़ा और इस पर कभी न मिटने वाला प्रेम का वो हस्ताक्षर कर दिया जिसने इसका भर हजार गुना बढ़ा दिया।

अचानक वेद की नींद टूटी, नजर घड़ी पर गई, ढाई बज चुका था। यह कोई पहली रात नहीं थी, जो उसकी यादों से बेचैन हो गई हो।

7

वक्त कभी रुकता नहीं, बस अपना रंग बदलता है। इन पाँच महीनों में पटना की सड़कों ने सर्द की ठिठुरन से लेकर बसंत की गर्माहट तक का सफ़र तय कर लिया था। वेद की ज़िन्दगी अब फिर से उसी पुराने तौर तरीक़े में लौट आई थी जहाँ वो आइशा के आने से पहले था- वही किताबें, वही रोज़ का कॉलेज आना-जाना और वही खामोशी, पर आइशा अब पहले जैसी नहीं रही।

आइशा ख़ुद को बदल रही थी। वो लड़की जो कभी सिर्फ assignment और कॉलेज की बातों में उलझी रहती थी, अब हिंदी लिटरेचर की गहरी गलियों में भटकने लगी थी। उसने novel पढ़ने की शुरुआत उन्ही किताबों से की जो वेद की शेल्फ में लगे थे। आइशा ने अब सिर्फ पढ़ना नहीं, बल्कि लिखना भी शुरू कर दिया था। वो रोज़ शाम को वेद को कॉल करती और दिन भर की बातें शेयर करती। उस कॉल का एक हिस्सा हमेशा उसकी लिखी हुई किसी 'कविता' या 'कहानी' के नाम होता। वो जो बातें वेद से कह नहीं पाती थी, वो उन्हें अपने किरदारों के ज़रिए पन्नों पर उतार देती थी।

“सुनो वेद, मैंने आज ये लिखा है... थोड़ा अजीब है पर सुनो,” आइशा फोन पर कहती और फिर अपनी थोड़ी कच्ची मगर मासूम हिंदी में कहानी सुनाती। कभी-कभी वो अपनी ही लिखी हुई लाइन पर हँसने लगती, “हाए! मैंने कितना फिल्मी लिख दिया न?”

वेद अक्सर हैरान रह जाता। “नहीं आइशा, तुमने इतने कम समय में जज़्बातों को शब्दों में पिरोना सीख लिया है। तुम्हारा ढंग बहुत अलग है।”

इन पाँच महीने में वो कभी-कभार बाहर भी जाते रहे। कभी वही पुराना cafe, तो कभी resturent में साथ में डिनर। इस तरह वो दोनों हमेशा टच में रहते मगर इस टच में एक मर्यादा थी।

8

07May 2024

First Love Cafe के गेट पर, हाथ में सफेद गुलाब लिए खड़ी आइशा वेद का इंतजार कर रही है। उसने वही कपड़े पहने है, जो वेद से पहली मुलाकात के समय पहने

थे। पर आज वो उस दिन से भी ज़्यादा खूबसूरत लग रही है। Cafe में हल्की volume पर गाना बाज रहा है। लोगों का आना जाना लगा है। अंधेरा होने वाला है।

आइशा ने कलाई पर बँधी घड़ी में देखा 06:10PM हो रहा है, यहाँ वो लगभग 20min से खड़ी है, पर आज इस इंतज़ार में भी सुकून है। उसके मन में वेद के साथ गुजरें लम्हें थोड़ी-थोड़ी देर में repeat हो रहे हैं, कभी-कभी अनायास ही उसके चेहरे पर हँसी आ जा रही है। बाहर लगी decorated लड़ियाँ जल उठी और First Love Cafe लिखा हुआ बड़ा-सा बोर्ड रौशन हो गया।

वेद आते ही आइशा से बोला-

"तुम्हें नहीं लगता की तुम आज कुछ ज़्यादा ही सुन्दर लग रही हो।"

उसके इतना कहते ही आइशा को लगा की उसका इंतजार सफल हो गया। मन के अंदर की खुशी को दबाते हुए चेहरे पर हल्की हँसी और गुस्सा लाकर बोली-

"अरे बाप रे, आप कब से flirt करने लग गए।"

शर्माकर वेद ने नजरें झुका ली, उसे आइशा के खुले shoelace दिखे।

"अभी तक तुम्हें shoelace बाँधना नहीं आया।"

आइशा ने शरारत भरी नज़र वेद पर डाली। उसने सोचा, आज इम्तहान तुम्हारा भी है, वेद!

"तो तुम ही बाँध दो ना?" आइशा ने बड़ी मासूमियत से कहा, जैसे ये कोई पुराना हक़ हो।

एक पल के लिए भी बिना हिचकिचाये वेद ने अपना बैग एक तरफ़ रखा, और वही cafe के गेट पर, सब के सामने, एक घुटने के बल बैठ गया। उसने बड़े सलीके से आइशा के shoelaces पकड़े और उन्हें एक मजबूत bow में बाँध दिया।

आइशा को लगा नहीं था की ऐसा कुछ होने वाला है। उसे उम्मीद नहीं थी की एक बार कहने पर वो बिना किसी arrogance के इतने लोगों के सामने झुककर उसका shoelace बाँध देगा।

"ये हाथ में गुलाब लेकर मुग़ल बादशाह क्यों बनी हों?"

"अरे पागल, ये तुम्हारे लिए ही है, लो पकड़ो।"

अंदर आते ही उन्होंने सबसे पहले उस टेबल की ओर देखा जहाँ वो अक्सर बैठा करते थे, लेकिन आज उस पर कोई नवविवाहीत जोड़ा बैठा था।

वेद ने दूसरे टेबल पर बैठने को कहा मगर आइशा ने मना किया क्योंकि जिस टेबल पर वे बैठते थे वो कैफे की अंतिम क़तार का आख़िरी टेबल था। वहाँ पर आइशा बैठती थी तो उसे सिर्फ़ वेद दिखता और वेद को पूरा कैफ़े।

"उस टेबल पर ऐसा क्या स्पेशल है की तुम्हें वही पर बैठना है।" वेद ने आइशा की ओर देखते हुए कहा।

"उस टेबल को भी तो पता चलना चाहिए न की हमने आज क्या बातें कि" आइशा ने टेबल की ओर देखते हुए कहा।

दूसरे टेबल पर बैठते ही वेद ने दो कॉफ़ी ऑर्डर किया और मेनू कार्ड देखने लगा।

"और बताव आजकल कुछ नया लिखा है?"

"नहीं, लास्ट जो तुम्हें दिखाया था, बस वही।"

“पिज़्ज़ा ऑर्डर करे या पास्ता, वैसे भी अगले महीने के बाद हमे यहाँ का स्वाद नसीब नहीं होने वाला।” मेनू कार्ड का पन्ना पलटते हुए वेद ने कहा।

“वेद, क्या तुम दो मिनट के लिए वो मेनू कार्ड साइड में रख सकते हो? मुझे कुछ जरूरी बात करनी है।” आइशा ने थोड़ा घबराहट के साथ कहा।

“सब ठीक तो है न, तुम थोड़ा परेशान लग रही हो।”

“परेशान नहीं हूँ, बस थोड़ी डरी हुई हूँ। हमारा लास्ट सेमेस्टर चल रहा है, इसके बाद हम अपने-अपने रास्ते होंगे। मैं नहीं चाहती की तुम बस मेरी contact list का एक नाम बनकर रह जाओ। मैं इससे कहीं ज़्यादा आगे बढ़ चुकी हूँ। पता नहीं कब, कैसे.... पर तुम मेरी आदत बन चुके हो।”

इतना कहने में उसका घबराहट और डर उसके चेहरे पर साफ़ नजर आ रहा था। वह बार-बार अपने बाये हाथ की उंगली में पहनी अंगूठी को घुमा रही थी, पैरों को हिला रही थी और उसके हाथों पर उभरा हुआ पसीना भी साफ़ नजर आ रहा था।

हैरत और आश्चर्य के साथ वेद बोलना शुरू किया-

"आइशा, तुम....."

"हाँ वेद, I Love You.

आज से नहीं तभी से जब मैने तुम्हें पहली बार ट्रेन में देखा था। वो शायद love at first sight जैसा था। उस दिन से पहले मैं हमेशा सोचा करती थी कि कोई किसी को कितना ही याद कर सकता है। लेकिन जब हम स्टेशन से बिछड़े उसी दिन से हर रात मैं तुम्हें घंटों याद करती, तुम्हारे ही बारे में सोचती और ये भी सोचती की तुम मुझे याद करते होगे या भूल गए होगे।

मैं चाहती तो निशा से झगड़े के बाद हॉस्टल जा सकती थी लेकिन मैंने सोचा की यह एक अच्छा मौक़ा है, तुम्हारे साथ कुछ समय बिताने का। इसलिए बिना कुछ सोचे मैं तुम्हारे रूम पर थोड़े दिनों के लिए शिफ्ट हो गई। वे सब दिन मेरे जीवन के सबसे अच्छे दिनों में से थे।"

आइशा अपना हाथ टेबल पर रखती है, वेद के हाथ के पास। वो थोड़ी देर के लिए चुप हो गई पर वेद कुछ नहीं बोला।

"अगर तुम ना भी कहो तो मैं तुम्हारे यादों के सहारे रह

लूँगी पर फ्रेंड जोन में रहना मेरे लिए पॉसिबल नहीं होगा।"

वेद के फोन पर बार-बार उसकी माँ का कॉल आ रहा है पर वह हर बार कॉल कट कर दे रहा है, फोन टेबल पर होने के कारण आइशा भी ये सब देख रही थी। जब उसकी बात पूरी हुई और माँ का कॉल फिर आया तो वह बोली-

"Receive का लो, कुछ important होगा।"

"कहा रहता है?, फोन क्यों नहीं उठा रहा था?"

"वो मैं थोड़ा काम से बाहर आया था।"

"काम-वाम छोड़ो मैं और वन्या पटना आये है, मीरा की शादी के लिए कपड़े खरीदने, जल्दी से हमे रिसीव करने जंक्शन आओ।"

"क्या कहा आंटी ने?"

"वो माँ और मेरी बहन पटना आए है, एक दीदी की शादी है तो शॉपिंग के लिए, उन्हें रिसीव करने जाना है।"

"ठीक है, जाओ। मैं तुम्हारा जवाब सुनने के लिए थोड़ा और वेट कर लूँगी।"

आइशा को जवाब वेद की आँखों में दिख गया था, मगर वो बेचैन नहीं अचल थी। वो थोड़ा खुश भी थी क्योंकि उसने अपने प्रेम को जाहिर कर दिया था। टेबल पर पड़े गुलाब को हाथ में लेते ही उसके मोती से अश्रु छलक पड़े, उन अश्रुओं में भी उसे प्रेम की परछाई दिखी। वो थोड़ी देर वही कैफ़े में बैठी रही क्योंकि उसे अपने सामने वेद बैठा हुआ दिख रहा था पर जब उसे लगा की चलना चाहिए नहीं तो वेद को देरी हो जाएगी तो वो वहाँ से उसकी यादों के साथ चली गई।

9

रूम में आते ही आइशा ने दरवाज़ा अंदर से बंद किया और अपनी पीठ दीवार से टिकाकर बैठ गई। कुछ देर तक वो बस अंधेरे में अपनी साँसो की आवाज सुनती रही। पटना की गलियों का वो शोर, वो भीड़-भार और वेद की पत्थर जैसी खामोशी सब कुछ उसके दिमाग़ में किसी टूटी-फूटी फ़िल्म की तरह चल रही थी।

थोड़ी देर बाद वो उठी, बैग बिस्तर पर फेका और सीधे अपनी स्टडी टेबल पर बैठ गई। उसने अपने जूते के फीते तक नहीं खोले। उसे अपने भीतर शब्दों का तूफ़ान उठता हुआ

महसूस हो रहा है, जिसे वह बाहर निकाल फेकना चाहती है। उसने मेज़ पर रखें लैंप को जलाया, जिसकी पीली रौशनी पूरे टेबल पर और आइशा के रुहाशा हुए चेहरे पर पड़ रही है, बाक़ी पूरा कमरा अंधेरे में डूबा है ठीक आइशा के मन की तरह।

उसकी नजर सामने लगे छोटे-से शीशे पर गई, उसे अपनी ही आँखें किसी अजनबी की लग रही है, खून के समान लाल, सूजी हुई और थकी हुई।

वो न जाने कितनी बातें लिखने के लिए बेचैन है, पर उसे शुरू करने के लिए कुछ सूझ नहीं रहा है और कोरा पन्ना लगातार उससे सवाल कर रहा है की आज क्या हार कर आई हो? थोड़ी देर सोचने के बाद उसने लिखना शुरू किया, लिखते समय कुछ देर तक उसकी उँगलियाँ काँपती रही।

वेद मेरे सामने बैठा था, वही पुराना cafe, वही coffee की खुशबू पर उसकी आँखों में मेरे लिए कोई जगह नहीं थी। फिर भी कुछ समय और उसके साथ बिताने के लिए मैंने जवाब कल पर टाल दिया। मैं जिसे प्यार समझती थी,उसने उसे वक्त का नाम दे दिया। लोग कहते है वक्त हर जख्म को भर देता है पर मुझे ऐसा लगता है की वक्त

जख्म को भरता नहीं बस उसे छुपा देता है। मुझे आज यह बात समझ में आ गई की प्यार साथ घूमने-फिरने और रहने से नहीं होता वो तो बस यूँ ही हो जाता है। जैसे मुझे वेद से हुआ और उसे शायद किसी और से हो।

उसने एक पल के लिए पेन रोका। उसकी आँखों से एक बूँद गिरी और 'वेद' के नाम के पहले अक्षर पर फैल गई। स्याही धुंधली हो गई बिल्कुल वैसे ही जैसे आइशा की उम्मीदें धुंधली हो गई है।

आइशा ने डायरी के नए पन्ने पर चंद लाइने लिखी-

तू कभी मेरा था ही नहीं

वही कॉफ़ी, वही कैफ़े, पर पहले जैसा सुकून नहीं

मैं तो वही हूँ सामने उसके, पर उसमे मैं कहीं नहीं

उसकी ख़ामोशी ने कह दिया, उसके दिल का हाल

पर मेरे दिल का हाल तो उसने जाना ही नहीं

तू किसी और की इश्क़ में जलता रहा सारी शाम

मेरा इश्क़ तेरे लिए कभी ठंडी छाव था ही नहीं

कितनी फ़ुर्सत से मारा तूने मेरे हर एक ख़्वाब को
तेरी ख़ामोशी किसी खंजर से जरा भी कम था ही नहीं
अब मैं लिखूँगी तो सिर्फ़ अपनी तन्हाई का सफ़र
क्योकि तेरी दास्तान में मेरा कोई हिस्सा था ही नहीं
तू कभी मेरा था ही नहीं
तू कभी मेरा था ही नहीं

आइशा ने जब 'खंजर' वाला लफ़्ज़ लिखा, तो उसने पेन को इतनी जोड़ से दबाया की पन्ना नीचे से हल्का-सा फट गया। उसे महसूस हो रहा था की वेद का वो खामोश रहना, उसके कुछ बोलने से ज्यादा तकलीफ़ दे रहा है।

उसने डायरी बंद की और उसे सीने से लगा लिया। मन ही मन उसने ख़ुद से एक वादा किया की उसकी लेखनी में अब वेद का जिक्र कभी नहीं होगा। पर वह ये भी जानती है, की उसका कलम भी वेद का नाम ही माँगता है।

आइशा ने कुर्सी को धीरे से पीछे खिसकाया और

खिड़की के पास जाकर खड़ी हो गई। कुछ देर तक वही खड़े रहने के बाद उसने अपने बिस्तर की ओर कदम बढ़ाया। वो बिस्तर पर लेट तो गई पर नींद उसकी आँखों से कोसो दूर थी। वो जब-जब अपनी आँखें मुँदती तब-तब बंद आँखों के पीछे वही- ट्रेन में उसका बाल सँवारते हुए वेद का मासूम सा चेहरा, वही बालकनी में बैठे वेद का गिटार बजाते हुए आइशा को तकना। ये सब किसी फिल्म की तरह चलने लगता। उसने चादर को अपने चेहरे तक खींच लिया जैसे वो दुनिया की सारी हक़ीक़तों से छिप जाना चाहती हो। सिसकियों में रात की चुभन का अंदाजा नहीं होता, वो कब सो गई उसे भी पता नहीं चला।

10

21March 2026

सुबह के तीन बज चुके है। स्नेहा की टेबल पर डिम लाइट जल रही है। आन्या की डायरी खुली है पर स्नेहा ने अपनी आँखें बंद कर ली है। उसे ऐसा आभास हो रहा है जैसे आइशा की रूह उसके कमरे के किसी कोने में खड़ी उसे देख रही हो। उसके गालों पर आँसुओं के निशान सूख चुके है पर

दिल की धड़कन अभी भी first love cafe में अटकी हुई है। उसने अपनी आँखें खोली और डायरी के उस पन्ने पर हाथ रखा जहाँ आन्या (आइशा) ने अपनी आखिरी नज़्म खत्म की थी। उसके हाथ काँप रहे थे। उसने फट से डायरी को बंद किया और उसे अपने सीने से लगा लिया, बिल्कुल वैसे ही जैसे आइशा ने लगाया था।

स्नेहा ने ख़ुद से बुदबुदाते हुए कहा-

"नहीं... अब और नहीं। अगर मैंने अभी पढ़ा तो मैं आइशा के दर्द को समझ नहीं पाऊँगी। मुझे थोड़ा ठहरना होगा। मुझे समझना होगा की एक लड़की इतनी सिद्दत से किसी को कैसे चाह सकती है की उसका इंकार भी उसे खंजर जैसा लगे।"

स्नेहा ने लाइट बंद की और बिस्तर पर लेट गई। उसने ख़ुद को चादर में पूरी तरह ढक लिया। आँखें मूँदते ही उसे ऐसा लगा जैसे वो ख़ुद उस कैफ़े में बैठी है, जहाँ कॉफ़ी ठंडी हो चुकी है, एक नादान लड़का मैन्यू कार्ड से खेल रहा है और एक कहानी अपने मुकम्मल होने की राह देख रही है। उसके मन में सवालों का सैलाब उमड़ रहा है- वेद खामोश क्यों था, आइशा ने जोड़ क्यों नहीं दिया, वेद को अगर कोई और पसंद था तो आइशा को उसने पहले क्यों नहीं बताया, अगर ये कहानी सच्ची है तो...।

नींद आने ही वाली थी की उसकी कानों में आइशा की लिखी वो नज्म गूँज उठी.....

"तू कभी मेरा था ही नहीं"

आज सुबह

रविवार की सुबह का सूरज स्नेहा की खिड़की से अंदर आ चुका था, पर उसके लिए यह सुबह ताजगी भरी नहीं थी। सपनों में भी उन सवालों ने उसका पीछ नहीं छोड़ा। आख़िरकार, अपनी बेचैनी को न संभाल पाने के कारण उसने अपना फोन उठाया और आन्या का नंबर डायल कर दिया।

"उठा लो आन्या, उठा लो...." caller tune बजते समय स्नेहा की दिल की धड़कन तेज है।

"हेलो, स्नेहा? इतनी सुबह सब ठीक तो है, न?" आन्या ने नींद भरी पर शांत आवाज में बोला।

"आन्या... सॉरी तुम्हें परेशान कर रही हूँ। मैं रात भर सो नहीं पाई। तुम्हारी वो डायरी... मैंने उसका एक हिस्सा पढ़ा।" स्नेहा हड़बड़ाते हुए बोल ही रही थी की आन्या ने बात काटते हुये पूछा-

"तो कैसी लगी कहानी, अच्छी है न?"

"अच्छी...! आन्या तुमने मुझे रुला दिया है। वो सिर्फ़ एक कहानी नहीं थी। वो किसी की रूह का टुकड़ा था। वो लेखिका..., वो आइशा..., वो वेद की मासूमियत पर तुमने 'आइशा' के साथ इतना अन्याय क्यों किया?"

बोलते-बोलते वो अचानक से रुक गई जैसे उसे कुछ समझ आया हो, उसकी आवाज काँपने लगी।

"वो आइशा..., क्या वो तुम ही हो?"

आन्या हँसती हुई बोली- "नहीं वो मैं नहीं, वो सिर्फ़ एक कहानी है। तुम उसे ज्यादा सीरियस मत लो।"

"मैं चाहती हूँ की वो वेद को सबक सिखाए। तुम अपनी इस तीसरी किताब में उसे वापस लाई हो न?" क्या वो दोनों फिर से मिलेंगे?"

"जिन्दगी हमेशा happy ending नहीं देती, स्नेहा। खैर तुम बाकी की डायरी पढ़ो, फिर हम ऑफिस में इस पर तफ़सील से बात करेंगें।"

स्नेहा ने सुबह के सारे जरूरी काम जल्दी-जल्दी निपटा लिया। घड़ी में सुबह के दस बज रहे है। कमरे में रौशनी है मगर स्नेहा का मन अभी भी आइशा के अँधेरे कमरे में बैठा उसके दुखों को समेट रहा है।

वह बिस्तर पर लेटती हुई डायरी का अगला पन्ना पलटती है और पढ़ना शुरू करती है।

11

08May 2024

घड़ी साढ़े सात बजा रही है। खिड़की से आती धूप आइशा के चेहरे पर सीधे पड़ रही है। बालकनी में चिड़ियों का झुंड हड़कंप मचाये है, क्योंकि अभी तक उन्हें दाना-पानी नहीं मिला। मिलेगा भी कैसे आइशा तो अभी तक गहरी नींद में सो रही है। उसकी नींद फोन के ringtone से खुली। उसने बिना देखे फोन उठाया और कान के पास लगा लिया।

“आइशा, सो रही हो क्या?”

आइशा की आँखें झट से खुली। उसके मन में पिछले शाम के दृश्य एक झटके में पुनरावृत हुए। उसने भारी आवाज में कहा-

“नहीं, बोलो ना क्या हुआ?”

“क्या, तुम आ सकती हो मेरे रूम पर, मम्मी तुमसे मिलना

चाहती है। और बिना कुछ खाये आना साथ में नाश्ता करेंगें।"

"ठीक है, आधे घंटे में पहुँचती हूँ।"

कॉल कट करके उसने एक लंबी साँस छोड़ी, वह बिस्तर से उठी और जाकर कुर्सी पर बैठ गई। एक नजर सफेद गुलाब को देखने के बाद उसने रात में लिखे पंक्तियों को पढ़ने का प्रयास किया। मगर वो अब पढ़ने योग्य नहीं बचें थे। शब्द बिखर चुके थे और आइशा भी भावशून्य हो चुकी थी।

"दोस्त? नहीं वेद, हम कभी सिर्फ़ दोस्त नहीं हो सकते। क्योंकि दोस्तों की आँखों में वो भाव नहीं होता जो मेरी आँखों में तुम्हारे लिए है। और प्रेमी? वो तो तुम मुझे बनने नहीं दोगे। तो क्या इसका मतलब यह है की हमारा कोई रिश्ता ही नहीं है? क्या दुनिया में हर रिश्ते को किसी नाम का मोहताज होना जरूरी है?"

उसने हल्की-सी मुस्कान के साथ अपनी आँखों के आँसू पोछे। उसके मन में अब कोई कड़वाहट नहीं थी, बल्कि एक बहुत ही ऊँचा विचार जन्म ले रहा था।

"ठीक है वेद, मैं आऊँगी। मेरा और तुम्हारा तो... खैर... हमारे रिश्ते का कोई नाम नहीं लेकिन तुम्हारी माँ मेरी माँ जैसी तो

हो सकती है? वन्या मेरी छोटी बहन जैसी तो हो सकती है? अगर तुम मेरे नसीब में नहीं हो, तो क्या हुआ... तुम्हारा परिवार तो मेरा अपना हो सकता है? मोहब्बत का मतलब सिर्फ उसे पा लेना तो नहीं होता, उसे और उसके अपनों को सम्मान देना भी तो मोहब्बत है।"

वेद दरवाजा खोलो कोई आया है, Kitchen से माँ ने कहा।

"रुको भैया मैं जाती हूँ।"

वन्या ने दरवाजा खोला।

"आप कौन?"

आइशा बोलने ही वाली थी की वन्या ने उसे रोका।

"रुको मैं guess करती हूँ। आप आइशा हो न?"

आइशा ने अपनी मुस्कुराहट से हामी भरी।

"आइए आइए, Welcome आपका ही घर है। हम तो बस दो दिनों के लिए ही आए है।" उसने झुक कर अपने हाथों को

360० घुमाकर अंदर आने का इशारा करते हुए कहा।

"कौन आया है?"

"आप ख़ुद देख लो मम्मा" वन्या ने कहा।

आइशा ने किचन में जाकर माँ को प्रणाम किया। वेद भी आकर आइशा के ठीक पीछे खड़ा था। वैसे तो माँ उससे एक-दो बार फोन पर बात कर चुकी थी पर उसे अभी तक फोटो में भी नहीं देखी थी। उन्होंने आँखों से इशारा कर के पूछा कौन है? वेद ने भी बिना बोले सिर्फ होठों को हिलाकर जवाब दिया- "आइशा"

"खुश रहो, खुश रहो चलो बेडरूम में बैठो मैं नाश्ता लेकर आती हूँ।"

"नहीं आंटी मैं help करती हूँ न।"

"अरे छोड़ो न, माँ कर लेंगी, आप चलो रूम में बैठो आपसे ढेर सारी बाते करनी है।" वन्या आइशा के दाहिने हाथ को अपने दोनों हाथों से पकड़कर धीरे-से खींचती हुई बोली।

वे अंदर जा रहे थे, वेद भी उनके साथ ही था मगर दोनों ने कोई बात नहीं की। आइशा के पास कुछ बोलने को

बचा नहीं था और वेद शायद अभी आइशा से सीधे बात करने की स्थिति में नहीं था।

आइशा के रूम में जाते ही वन्या ने पूछा-

"आप भाई की girlfriend हो न।"

वेद ने अपनी आँखों को मोटा करके वन्या की ओर गुस्से में देखा। आइशा को वन्या से शायद ऐसे सवाल की उम्मीद नहीं थी, वो थोड़ा सकते में आ गई। लेकिन फिर हँस कर जवाब दिया-

"मुझे नहीं पता।"

"वैसे भी ये आपके जैसी गर्लफ्रेंड डिसर्व नहीं करता।" वन्या ने वेद की ओर तिरछी निगाहों से देखते हुए कहा।

"तुम अभी कौन सी क्लास में हो।" आइशा ने बात को बदलने के लिए पूछा।

"12th class में"

"आप लिखती हो न? मैंने भाई के फोन में आपकी एक-दो शोर्ट स्टोरी पढ़ी है। आपकी सभी कहानियों में happy end क्यों होता है?"

"अब से sad ending वाली ही लिखूँगी।" आइशा ने थोड़े रूखे स्वर में कहा।

"हाँ पर उन सब में गलती लड़के की होनीं चाहिए। क्योंकि लड़कियाँ गलत हो ही नहीं सकती।"

आइशा ने नज़रें वेद की और घुमाई और कुछ क्षण नम निगाहों से उसे देखने के बाद वन्या की ओर मुस्कान वाला चेहरा बनाकर उसकी माँगों को स्वीकार किया।

माँ और वन्या दो दिन पटना में रही, इस दौरान वेद का कॉलेज एक भी दिन मिस नहीं हुआ, उसने शॉपिंग का सारा जिम्मा बातों ही बातों में आइशा को दे दिया था। वह आज भी सुबह कॉलेज के यूनिफार्म में ही उन दोनों को स्टेशन छोड़ने आया है।

वन्या ने जाते-जाते वेद से कहा है की-

"क्या यार भाई, इतनी सुंदर, इंटेलीजेंट, गुड बिहेविंग, स्वीट लड़की है। अभी तक उसे फ्रेंड जोन में ही रखा है, गर्लफ्रेंड बना लो, मेरा दोस्तों में वट बढ़ जाएगा। कहेंगी इसके भाई की गर्लफ्रेंड देखी इतनी सुंदर की पूरे एरिया में इसकी बराबरी का कोई नहीं।"

"चुप कर पगली, कुछ भी बोलती है। मारूँगा एक लप्पड़ दिमाग़ ठिकाने आ जाएगा।"

12

10May 2024

आइशा अपने बिस्तर पर पेट के बल लेटी एक हिंदी उपन्यास पढ़ रही है, उसके पैर एक क्रम में हिल रहे है। किसी ने एक-दो बार डोर-बेल बजाया है पर उसने अनसुना कर दिया है। लेकिन इस बार वो उठकर दरवाजा खोलने जाती है। सामने वेद खड़ा था, आइशा ने उसे अंदर बुलाकर मुस्कुराते हुए पूछा-

"क्या लोगे?"

वेद के मना करने के बावजूद भी उसने कॉफ़ी बनाया, क्योंकि अब उसके पास भी चायपत्ती नहीं है।

बिस्तर के दाहिनी ओर लगे स्टडी टेबल की कुर्सी पर बैठा वेद पूरे कमरे को निहार रहा है। थोड़ी देर में आइशा दो कप कॉफ़ी ले कर आई। एक कप वेद को पकड़ाकर वो बेड पर ठीक उसके सामने बैठ गई।

कॉफ़ी का एक शिप लेते हुए आइशा ने पूछा-

"कैसे आना हुआ?"

वेद चुप है, वो तकिये के पास रखा मुरझाया हुआ

सफेद गुलाब देखता जा रहा है। कुछ देर बाद उसने बोलना शुरू किया।

"उस दिन कैफ़े में माँ का फोन आने से पहले तुमने मुझसे एक सवाल किया था पर उस दिन मैं उसका जवाब नहीं दे पाया।"

"जवाब मैंने तुम्हारी आँखों में उसी दिन देख लिया था पर फिर भी तुम अगर बोलना चाहते हो तो कह दो।" आइशा ने उसकी आँखो में देखते हुए कहा।

"मेरी आरोही.... वह एक एहसास है, जिसे मैंने छह दिन जिया और अब उम्र भर के लिए सहेज लिया है। मैं जानता हूँ की ये तुम्हारे लिए थोड़ा अजीब होगा, क्योंकि हम इतने दिनों से एक दूसरे को जानते है फिर भी मैंने तुम्हें आज तक इस बारे में कुछ नहीं बताया। असल में मैंने इस बारे में किसी को कुछ नहीं बताया।"

"हाँ, अजीब तो है, पर है कौन वो ख़ुशनसीब, जिसने मुझे beat कर दिया।" आइशा ने हल्की मुस्कुराहट के साथ पूछा।

"आरोही, आज से लगभग तीन साल पहले 3 Dec को मामा के लड़के की शादी थी। पूरा घर मेहमानों से भरा था। ढोलक और मंगलगीत की आवाजे गूँज रही थी। तिलक का दिन था। शाम का वो वक्त था जब मैंने उसे पहली बार देखा।"

वेद की आँखों में एक चमक आ गई, जैसे वो सच में उसी शाम में पहुँच गया हो।

"उसका चेहरा गोल नहीं बल्कि हल्का-सा लंबा था। उसकी आँखें बादामी रंग की थी। वह जब हँसती तो गालों पर गड्ढे नहीं पड़ते बल्कि उसकी आँखें छोटी हो जाती और चेहरे पर अजीब सी मासूमियत भर जा रही थी।

उस शाम वो काले रंग के लहंगे में थी। उसके आधे खुले बाल कंधे पर ऐसे गिरे थे जैसे कोई रात का साया हो और उन उलझे बालों के बिच लगा सफेद गुलाब किसी चाँद की तरह चमक रहा था। उसने अपने कानों में चाँद जैसे, नहीं शायद चाँद के ही, झुमके बना कर पहने हुए थे और माथे पर एक छोटी-सी काली बिंदी थी। जो उसके चेहरे के गोरेपन पर ऐसे सजती जैसे चाँद पर छोटा-सा दाग हो। उसने अपने काले दुप्पटे को एक हाथ में घुमाकर, उसे पीछे से ले जाकर दूसरे हाथ में लपेटा था।"

आइशा शांत बैठी आरोही की छवि अपने मन में बना रही थी, उसने कॉफ़ी का कप बगल में रख दिया था।

"तुम्हें पता है आइशा..., उसे बोलना बहुत पसंद है, फ़र्क नहीं पड़ता सामने वाला सुनना चाहता है या नहीं। उसे बस बोलना होता है और मुझे पसंद है, उसकी बिना तर्क की फिज़ूल बातें सुनना। तिलक की रात हम सारे cousins और friends

फर्श पर गद्दे बिछा कर, पहले तो अन्तराक्षरी खेल रहे थे पर जब बातें शुरू हुई और उसने बोलना शुरू किया तो बाक़ी सारे लोग धीरे-धीरे सो गए। लेकिन मैं अकेला सारी रात उसकी बातें सुनता रहा और हैरत है, मुझे इस बात पर की मुझे आज भी वो सारी फिज़ूल की बातें याद है।"

"फिर क्या हुआ।" आइशा ने धीमी आवाज़ में पूछा।

"शादी के वो छह दिन... मैं बस उसे देखता रहा। मैंने अपने लिए जिस लड़की की कल्पना की थी वो बिल्कुल वैसी ही थी। वो पूरे घर में चहकती फिरती थी, कभी रस्मों में मजाक करती, कभी नाचती। मुझे उससे एक तरफा प्यार हो गया पर उसके लिए मैं बस एक दूर का रिश्तेदार था और आज भी हूँ। शादी ख़त्म हुई, वो चली गई... पर वो काला लहंगा, वो सफेद गुलाब और वो उसका मेहंदी वाले दिन पूछना की "कैसी लग रही हूँ?" ये सब मेरे ज़हन में हमेशा के लिए बस गया।"

आइशा ने वेद की नजरों में देखा, जिसमें अब बेपनाह दर्द था। उसकी बातें सुनने के बाद आइशा को लगा जैसे वो ठहरी हुई नदी में पत्थर फेक रही हो।

"सब सुन लिया वेद। तीन साल पहले, वो छह दिन, वो काला लहंगा और वो सफेद गुलाब.... सब समझ आ गया। पर एक बात बताव..."

वेद ने अपनी नजरें झुका ली पर आइशा चुप नहीं हुई। वह उठी और वेद के पैरों के बिल्कुल क़रीब फर्श पर बैठ गई।

"तुमने उसे आज तक बताया क्यों नहीं? अगर तीन साल से हर पल तुम उसके लिए तड़पते हो और उसके साथ अपनी दुनिया देखते हो, तो तुमने आज तक आरोही के सामने जाकर ये क्यों नहीं कहा-

आरोही, मैं तुमसे बेपनाह मोहब्बत करता हूँ। क्यों, तुमने उसे एक बार भी कॉल या मेसेज तक नहीं किया?"

"कैसे बताता आइशा? मैं एक साधारण सा लड़का और वो मुझे शहज़ादी लगती है। मैं डरता हूँ की अगर उसने मना कर दिया तो मेरे पास ये जो यादों का टुकड़ा है, वो भी छीन जाएगा।"

"तो तुमने क्या चुना? तुमने कायरता चुनी वेद। तुमने उसकी याद को एक कमरा बना लिया और ख़ुद उसमें कैदी बन गए। और आज, आज तुम उस डर की सजा मुझे दे रहे हो।"

आइशा कुछ देर के लिए चुप थी। पर वेद ने कुछ नहीं कहा, कमरे में पूरी तरह सन्नाटा छा गया था। घड़ी की टिक-टिक की आवाज साफ़ सुनाई पर रही थी।

"तुमने उसे अभी तक नहीं बताया, ये तुम्हारी सबसे बड़ी गलती है। पर उस गलती का बोझ मैं नहीं उठाऊँगी। तुम आज भी उसी शादी के पंडाल में खड़े, आरोही के गाड़ी के पीछे भाग रहे हो जबकि ज़िन्दगी तुम्हें आगे ले जाना चाहती है। बताओं मुझे, क्या तुमने कभी कोशिश भी की उसे अपनी feelings बताने की या बस इस एक तरफा प्यार के मखमली दर्द में बैठना तुम्हें ज्यादा सुकून देता है।"

वेद ने एक लंबी और ठंडी साँस ली और दबी हुई आवाज में बोला-

"मुझे ऐसा नही लगता आइशा की मैं... मैं कभी उसे बता पाऊँगा। सच तो यह है की मुझे डर उसकी 'ना' का नहीं लगता, मुझे डर इस बात का लगता है की अगर उसने 'हाँ' कह भी दिया तो क्या मैं उस आरोही को संभाल पाऊँगा जिसे मैंने अपने ख़यालों में गढ़ा है?"

उसने आइशा की तरफ़ देखा, उसकी आँखों में अजीब सा खालीपन था।

"वो जो चंचल सी लड़की थी, जो फ़िज़ूल की बातें करना जानती थी वो मेरी कल्पना में आज भी वैसी ही है, पर हकीकत की आरोही अब शायद बदल गई होगी। शायद अब वो उतनी बातें नहीं करती होगी, शायद उसने अपने बालों में सफेद गुलाब लगाना छोड़ दिया होगा। मुझे ऐसा लगता है की मैं उस इंसान

से ज़्यादा उसकी यादों से प्यार करता हूँ। अगर मैं उसे बता भी दू और वो मुझे मिल भी जाये तो शायद मेरा यह खूबसूरत सपना टूट जाएगा। और मैं इस सपने के टूटने के डर से हकीकत का सामना नहीं कर पा रहा।"

वेद थोड़ा सा झुका और आइशा के और क़रीब आ गया।

"मैं कायर हूँ, आइशा तुम सही कह रही हो। पर मैं क्या करूँ? हर पल मुझे उसी का ख्याल रहता है, भीड़ में भी, तन्हाई में भी। पर विडंबना देखो... वो शख़्स जिसे मैं अपनी रूह मानता हूँ, उसे मेरी मौजूदगी का एहसास तक नहीं है। मुझे ऐसा नहीं लगता की मैं कभी उस एहसास से आजाद हो पाऊँगा। और इसलिए मैंने तुम्हें कभी वो उम्मीद नहीं दी जो मैं ख़ुद के अंदर महसूस नहीं करता।"

आइशा ने उसकी बातों को गौर से सुना। उसे एहसास हुआ की वेद अपनी ही बनाई दुनिया में जी रहा है, उसे बाहर की दुनिया से कोई मतलब नहीं। आइशा ने धीमे स्वर में कहा-

"तो तुम एक ऐसी लड़की के लिए अपनी और मेरी जिंदगी बर्बाद कर रहे हो, जो शायद अब वैसी नहीं होगी, जैसा तुमने उसे पसंद किया था।"

वेद के पास इस बात का कोई जवाब नहीं था। उसने बस इतना कहा-

"मूझे माफ़ कर देना आइशा पर मुझे नहीं लगता की मैं इस क़ैद से कभी बाहर आ पाऊँगा।"

वेद ने अपनी नज़रें आइशा से चुराई, एक गहरी साँस भरी और धीरे से बोला- "Bye, Aaisha" वो उठा और दरवाजे की तरफ़ बढ़ने लगा।

"वेद रुको मेरी बात तो सुनो, प्लीज..."

आइशा उसे पुकारती हुई उठी, वो उसे रोकना चाहती थी पर वो रुका नहीं। आइशा के मन में अब भी ढेरों सवाल थे जो वेद से पूछना चाहती थी। वह पूछना चाहती थी की, "क्या वो किसी की याद के लिए अपनी हकीकत को क़ुर्बान कर देगा?, क्या उसके लिए आइशा के प्यार की कोई अहमियत नहीं?, क्या उसे यह नहीं पता की जिस तरह वो किसी के लिए तड़प रहा है, आइशा भी उसके लिए तड़पती रहेगी?"

कॉफ़ी टेबल पर पड़े-पड़े ठंडी हो चुकी थी और आइशा कमरे के दरवाजे को पकड़े। वो दूर जाते उस शख़्स को देखती रही जिसे वो अपना बना कर रख लेना चाहती थी।

उसने धीरे से दरवाजा बंद किया और उसकी पीठ दरवाजे से लग गई। वो फिसलती हुई नीचे फर्श पर बैठ गई।

उसने अपने चेहरे को घुटनों में छिपा लिया और मन-ही-मन सोचने लगी।

"तो बस इतना ही था? तीन साल का वो इंतजार, वो ख़्वाब, वो उम्मीदें...। सब कुछ एक परछाई ने ख़त्म कर दिया। आरोही... सिर्फ़ एक नाम, एक याद और उसने मेरे जीते-जागते वजूद को हरा दिया।"

वो उठी और जाकर स्टडी टेबल पर बैठ गई, उसने अपनी डायरी निकाली और कुछ पंक्तियाँ लिखने लगी-

"आज मैं किसी इंसान से नहीं हारी बल्कि एक याद से हारी हूँ। एक ऐसी लड़की से जिसे शायद ये भी नहीं पता की वो मेरी जिंदगी वीरान कर चुकी है।"

ये लिखने के बाद उसने डायरी पटक दी। उसका मन कर रहा था की वो सब कुछ छोड़कर कहीं भाग जाए। फिर उसके मन में एक ख्याल आया।

अगर वेद आरोही के लिए जो की उसके प्यार को जानती तक नहीं है, मुझे छोड़ सकता है... तो क्या मैं वेद के सिर्फ़ 'ना' कहने से अपने प्रेम को नफ़रत में बदल दूँ। क्या मेरा प्यार इस बात पर टीका था कि बदले में मुझे भी प्यार मिले? अगर ऐसा है तो वह सौदा है, मोहब्बत नहीं।

उसकी आँखें आँसुओ से भरकर धुले हुए हीरे के सामान चमक रही थी, मगर उसने उन्हें गिरने से पहले ही पोंछ लिया। चेहरे के भाव को पूरी तरह बदलकर उसने रुँधे गले से धीमे स्वर में कहा-

"नहीं, मैं वेद को नहीं छोड़ सकती। उसके दिल में आरोही धड़कती है तो क्या हुआ, मेरा दिल तो आज भी उसी का है। भले ही आरोही उसे मिले या न मिले मगर आइशा उसके पास हमेशा रहेगी। अगर वो अपनी जिद पर अड़ा है तो मैं अपनी मोहब्बत पर अड़ जाऊँगी। देखते है, किसका इंतजार ज़्यादा लंबा होता है- उसका आरोही के लिए या मेरा उसके लिए।"

डायरी स्नेहा के हाथ से छूटकर उसके सीने पर गिरी पर उसकी नजर धीमी रफ़्तार से चल रहे पंखे को एक टक निहारती रही। वो बार-बार आइशा की उस आखरी लाइन को दोहरा रही थी-

"देखते है किसका इंतज़ार लंबा होता है- उसका आरोही के लिए या मेरा उसके लिए।"

वह उठी और बालकनी में जाकर खड़ी हो गई। बाहर की ठंडी हवा उसे छूकर गुज़र रही थी लेकिन उसका दिमाग़ आइशा के मन को समझने की कोशिश कर रहा था।

“कितनी अजीब बात है न? आजकल के दौर में जब किसी को ना सुनाई देता है तो वो उससे नफ़रत करने लगता है। वेद ने तुम्हें ठुकरा दिया, तुम्हें बताया की उसके दिल में कोई और है फिर भी तुमने उसे ही चुना, ये कैसी पागलपन भरी हिम्मत है।”

रात में सही से ना सोने के कारण उसे थोड़ा थकान और नींद महसूस हो रही थी इसलिए उसने सोचा की अभी थोड़ा सो लेती हूँ बाक़ी की डायरी रात में पढ़ूँगी।

सो कर उठने के बाद वह दूसरे कामो में व्यस्त हो गई और रात में लगभग नौ बजे उसने फिर से डायरी पढ़ना शुरू किया।

13

पटना जंक्शन पर रोज़ की तरह ही भीड़-भाड़ है। एक ऑटो मुख्य द्वार के सामने आकर रुकी। एक लड़का और लड़की ऑटोवाले को पैसा देकर, सामान लेके प्लेटफार्म की ओर दौड़े। दोनों के एक हाथ में ट्रॉली बैग और दूसरा हाथ एक-दूसरे से मिला हुआ है। थोड़ी दूर जाने के बाद लड़की रुकती है।

“क्या हुआ?”

“अरे, ये Heel तंग कर रही है।”

"जल्दी से निकालो मैं हाथ में ले लेता हूँ, ट्रेन में पहन लेना।"

लड़की झट से heel निकालती है, लड़का बिना देर किए उसे उठाता है और दोनों फिर ट्रेन की ओर दौड़ते है। थोड़ी देर में दोनों हाफते हुए AC बोगी के seat no 25, 26 पर पहुँचे।

"बैठ गए, मुझे तो लगा की छूट जाएगी।"

"तुम्हारे कॉलेज की वजह से आने में लेट हुआ है।"

"लास्ट पेपर था, मिस कैसे करता।"

ट्रेन अपने निर्धारित समय पर पटना जंक्शन को पीछे छोड़ दी।

वे लोग हल्दी के दो दिन पहले ही घर पहुँच गए। वेद के फाइनल पेपर हो चुके थे, बस प्रैक्टिकल बाकी था। आइशा अपने कॉलेज का सारा काम करके आई थी। संयोग वश वेद के प्रैक्टिकल का डेट तुरंत ही आ गया। प्रैक्टिकल का एग्जाम बारात वाले दिन से ही शुरू था। इसलिए वो हल्दी के दिन ही वापस पटना चला गया। मगर इन सब में खास बात यह हुई की आइशा वेद के घर शादी देखने के लिए रुक गई।

14

20May 2024, शुभ बारात

राह में उनसे मुलाक़ात हो गई

राह में उनसे मुलाक़ात हो गई

जिससे डरते थे वही बात हो गई।

आशिक़ी वो ही मेरे साथ हो गई

आशिक़ी वो ही मेरे साथ हो गई

जिससे डरते थे वही बात हो गई।

सुबह के पाँच बजे से ही घर की छत पर लगे लाउड स्पीकर ने अपनी मौजूदगी दर्ज करा दी है। पहले कुछ देर तो मंगल गीत बजे फिर जैसे-जैसे धूप चढ़ी लोगों ने अपने-अपने पसंदीदा गाना बजाना शुरू कर दिया। पूरा घर पीले और नारंगी गेंदे के फूलों से सजा दिया गया है।

जीजा जी आ गए है, फूफा जी को स्टेशन से लाने रोहित गया है। शादी का घर ऊपर से गर्मी का दिन सभी लोग पसीने से तर-बतर हुए है, कोई सजावट देख रहा है, कोई भोजन और कोई बारात के स्वागत का प्रबंध पर जीजा जी

कूलर के सामने बैठे बार-बार पूछ रहे है की फूफा जी कब आयेंगे।

इधर रोहित बाइक पर फूफा जी को स्टेशन से लेकर आ रहा है। रास्ते में उसे न बर्दाश होने वाले ताने भी सुनने पड़ रहे है।

"मेहमानों के स्वागत का कोई व्यवस्था ही नहीं है, आधे घंटे से स्टेशन पर खड़े है, कोई पूछने नहीं आया और आया भी तो दो चका से, कितना धूप है ऊपर से धूल भी उर रहा है, ये नहीं की कार लेकर आये। बड़ो का कोई आदर ही नहीं है।"

बरामदे में बैठी लड़कियाँ बातें कर रही है की कौन जीजा जी की आरती करेगा, कौन जूते चुराएगा और कौन-कौन नाक खिचेगा।

प्रगति थोड़ा उदास होकर बोली-

"वन्या सुनने में आ रहा है की वीर BHU में हिस्ट्री से एसडमिशन लेने वाला है, अब तू क्या करेगी?"

"इसमें करना क्या है, जहाँ-जहाँ वीर जाएगा उसके पीछे-पीछे मैं जाऊँगी।"

आइशा ने वीर के बारे में जानना चाहा और जैसे ही उसने पूछा श्रेया ने बोलना शुरू कर दिया।

“जानती है दीदी, वीर हमारे स्कूल का सबसे हैंडसम लड़का है, जिसके पीछे ये पागल है और हो भी क्यों न वो तो है ही इतना attractive. अरे! लड़कियाँ तो उसे एक नजर देखने के लिए क्लास से वाशरूम का बहाना बनाकर बार-बार उसके क्लास के खिड़की और दरवाजों के सामने से गुजरती है। वो जब assembly में बोलता है तो ना जाने कितनी ही लड़कियों की धड़कने तेज हो जाती है।” आख़िरी वाक्य बोलते समय श्रेया की आँखें आइशा के चेहरे पर रुक गई है और वो मुस्कुरा भी रही है। उसे देखकर ऐसा लग रहा है, मानो वो वीर को assembly में बोलता हुआ देख रही हो।

“अरे! आइशा दी कभी-कभी ये बोलती है की मुझे ‘Zara’ बुलाया करो वन्या नहीं। इसका कहना है की हम एक न एक दिन जरूर मिलेंगे जैसे ‘Veer-Zara’ फिल्म में वो 22 साल बाद भी मिले थे।” दिव्या बोली।

वन्या हँसी के साथ-साथ गुस्से को भी चेहरे पर लाती हुई, दिव्या के कंधे पर बड़ी-ही नज़ाकत के साथ मारती हुई बोली-

“क्या बकवास करती है, वो पहले की बातें थी।” और फिर आइशा की ओर घूमकर बोली-

“आप ही बताइए कौन नहीं चाहेगा की मेरा वीर जैसा एक boyfriend हो। माँ क़सम क्या दिखता है वो (उसने अंगूठे और

तर्जनी से गले के मांसल को खीचा) उसका गोरा रंग, चॉकलेटी आँखे, लंबे बाल, लंबा क़द, आवाज़ में भारीपन। वो जब 'excuse me' बोलता है। हाय रब्बा! (वो अपनी दाहिने हाथ को सिर पर रखती है और पूरे सिर को धीरे-धीरे हिलाती है।) कुछ लड़कियाँ तो ऐसी भी है जो उससे बात करने के लिए किसी भी हद तक चली जाती हैं और जब बात कर लें तो उनके पाँव ज़मीन पर नहीं रहते। वो बस बगल से गुज़र जाए तो हवा में खुशबू आ जाती है।"

प्रगति वन्या के बालों को सहलाती हुई बोली-

"एक बुरी ख़बर है, मैंने आज आते समय वीर को एक लड़की के साथ कैफ़े में देखा। वो लड़की उसे गुलाब भी दे रही थी। उस लड़की को तो मैं नहीं पहचान पाई। मेरे मन तो बस यही चल रहा था की तुझे इस बारे में पता चलेगा तो तू ख़ुद को कैसे संभाल पायेगी?"

वन्या के चेहरे पर रुहासा-सा छा गया, वो चीख़ती हुई बोली-

"नहीं... ये नहीं हो सकता। कह दे पगली ये झूठ है, वो किसी एक का कैसे हो सकता है। क्या कभी चाँद, तारे, नदी, हवा, पानी किसी एक के हुए है, इन पर तो सब का हक है।"

प्रगति ने जैसे-तैसे अपनी हँसी को रोकते हुए वन्या के ड्रामा में हिस्सा ले लिया।

"वन्या तू ख़ुद को संभाल, जो होना है वो तो हो के ही रहेगा, ये सच है की वीर किसी और का है। तुझे अब उसकी यादों के साथ ही जीना होगा।"

वन्या आइशा की गोद में गिर पड़ी, रोने का नाटक करती हुई बोली-

"वीर, तुम अपने इस पागल प्रेमी के साथ ऐसा कैसे कर सकते हो? तुम किसी और के कैसे हो सकते हो?"

आइशा मुस्कुराती हुई उसे धीरे से उठाकर गले से लगा ली। "अरे-अरे वन्या इतना क्यों रोती हो, उसके जैसे कितने आते जाते रहेंगे, तुम अपना मन छोटा मत करो।"

श्रेया बोली- "अभी तो और भी बातें है जो तुझे जीने न देंगी।"

वन्या आँसु पोछते हुए नाटकीय अंदाज़ में बोली- "अब बचा ही क्या है, कहने और सुनने को। अब मैं कुछ भी नहीं सुनूँगी।" और फिर उसने अपने दोनों कानों को जोड़ से दबा लिया।

प्रगति उसके हाथों को कानों से हटाती हुए बोली-

"और सुन, मैंने अभी आलोक से बात की थी वो बोल रहा था की वो दोनों डेट पर गए हुए थे और वो लड़की बहुत ज़्यादा

सुंदर है। उसने उस लड़की की फोटो भी भेजी है वो तुझसे कई गुना ज़्यादा खूबसूरत है। उसके सामने तो तेरा कोई चांस नहीं दिखता।"

वन्या बनावटी गुस्से से बोली- "क्या तू नहीं चाहती की ये शादी हो? अब और कुछ बोलेगी तो मुझे हार्ट अटैक आ जाएगा। हे! भगवान, हे! अल्लाह, हे! क्रिसमस, ये सुनने से पहले मुझे उठा क्यों नहीं लिया?"

दिव्या उसे एक ग्लास पानी ला कर दी। "चल बस अब उसे भूल जा।"

वन्या एक घूट पानी पीकर बोली- "क्या कहा भूल जाऊ, क्या मीरा कभी कान्हा को भूली, मैं उसे भूलना चाहु तो भी नहीं भूल सकती। मैं मरते दम तक उसका इंतजात करूँगी।"

प्रगति वन्या के गाल पर धीरे से चाटा मारकर बोली- "होश में आ और सुन आलोक ये भी बोल रहा था की उस लड़की का नाम 'Zara' है और उसके घर वाले जानते है की वो एक दूसरे को डेट कर रहे है।"

ये सुनते ही वन्या बेहोश होने का नाटक करने लगी और फर्श पर लेट गई। सब जोर-जोर से हँसने लगे। आइशा ने उसके चेहरे पर पानी की कुछ बूंदे डाली तब जाकर वो उठी और दोनों हाथों से सर पिटती हुई बोली-

"हे! भगवान उठा ले मुझे, अभी के अभी उठाव। मैं अब तेरे बनाए इस संसार में नहीं रह सकती।" वो उठी और खिड़की खोलकर बाहर कूदने का नाटक करने लगी।

"अरे! चुड़ैलो मुझे रोकना भी मत, तुम लोग तो चाहती हो की मैं मर जाऊ और वीर के पीछे पड़ी लड़कियों में एक कॉम्पीटीटर कम हो जाए।"

आइशा उसे खींचती हुई लाई और उसके सर को सहलाते हुए बोली- "अरे, मेरी बच्ची रो मत, मैं तुझे उससे भी अच्छे लड़के से बात करा दूँगी। अब ख़ुश, चलो हँसो।"

वन्या बैठती हुई जोड़ से हँसती है और इस नाटक को बंद कर देती है।

"वन्या, सुन गेस्ट रूम में देख आरोही और उसकी माँ आए है। उन्हें नाश्ता-पानी करा दे। और हाँ', आरोही को अंदर ले आना बेचारी वहाँ अकेले बोर हो रही है।"

"क्या? आरोही आई है।" वन्या ने उछलते हुए जोर से बोला।

वह कमरे की तरफ़ दौड़ी पर आइशा, आरोही का नाम सुनते ही सर से पाव तक काँप गई। उसे इस बात का थोड़ा भी ध्यान नहीं था की आरोही की माँ, वेद की माँ की दोस्त है और शादी में उन्हें भी इनविटेशन तो गया ही होगा।

आइशा से रहा नहीं गया। उसका दिल इतनी जोड़ से धड़क रहा था की उसे अपनी पसलियों में चोट महसूस हो रही थी। वो उठी और वन्या के पीछे-पीछे गेस्ट रूम तक गई मगर दरवाज़े के पास ही रूक गई। उसका पूरा शरीर काँप रहा था, जिसे रोकने के लिए उसने चौखट को जोड़ से पकड़ लिया था। उसके अंदर न जाने कितने सवाल उठ रहे थे-

"क्या? वो वैसी ही होगी, जैसा वेद ने बताया था।"

"क्या उसने आज भी बालों में सफेद गुलाब लगाया होगा?"

"क्या वो अभी भी उतनी ही चंचल होगी?"

"क्या? उसकी आँखों में अभी भी वही चमक होगी, जिसने वेद को पागल कर दिया था।"

उसने दरवाज़े से ही अंदर झाँककर देखने का प्रयास किया पर गेस्ट रूम में अंदर की ओर बैठने के कारण वो उन्हें देख नहीं पाई। वहाँ खड़े उसकी हिम्मत अब जवाब दे रही थी, उसे डर लगने लगा की शायद वो आरोही को देख लेगी तो वही फूट-फूटकर रोने लगेगी। वह अपनी काँपती हुई काया के साथ वहाँ से चली गई।

वन्या सभी को नाश्ता देकर आरोही के पास गई और उसके कान में धीरे से बोली-

"Wow Sweety, बड़ी Sexy लग रही है, तू तो पहले से भी ज़्यादा सुंदर हो गई है।"

"हाँ, पर तू थोड़ी मोटी हो गई है।" आरोही ने उसे चिढ़ाने के लिए बोला।

इधर आइशा बरामदे के एक कोने में बैठी दरवाज़े को घूर रही है, जहाँ से वन्या अभी आरोही को लेकर आने वाली है। तभी पायलों की छनक सुनाई दी। वन्या चहकती हुई कमरे से बाहर निकली और उसके पीछे-पीछे आरोही।

स्नेहा ने डायरी का पन्ना इतनी जोड़ से पकड़ा की कागज हल्का-सा मुड़ गया। उसकी साँसे तेज हो गई।

आइशा ने आरोही को देखा तो देखती ही रह गई। वह वेद की व्याख्या से कई ज़्यादा सुंदर और आइशा की कल्पना से पड़े थी- सादी पर ग़ज़ब की ख़ूबसूरत।

उसने गहरे नीले रंग का अनारकली सूट पहना था, कान में बड़े-बड़े झुमके थे और चेहरे पर वही मासूमियत जो किसी को भी अपना बना ले। हँसी ऐसी की मानो रोते हुए को ग़म भुला दे। उसके बाल खुले थे और कंधों पर झूल रहे थे। वेद ने 'सफेद गुलाब' की बात की थी पर आज उसके बालों में कोई गुलाब नहीं था, सिर्फ़ उसकी वो काली बिंदी गोरे माथे पर चमक रही थी।

वन्या के परिचय कराते ही आरोही आइशा के पास सोफे पर बिल्कुल सटकर बैठ गई। उसने आइशा के चेहरे का तनाव देखा ही नहीं या शायद देखकर भी नजर अंदाज़ कर दिया।

“ओह माय गॉड! दी, आप तो सच में बहूत क्लासी लग रही है। वन्या ने अभी बताया था की आप राइटर है, पर आप इतनी सीरियस क्यों है?”

आइशा ने एक फीकी मुस्कान देने की कोशिश की पर उसके होठ जैसे जम गए थे। उसने कुछ कहना चाहा पर आरोही ने बोलने का मौक़ा ही नहीं दिया।

“अरे वैसे आप है कौन? वन्या की cousin या पड़ोस वाली दीदी।”

आइशा ने बस मुँह खोला ही था “मैं...”

आरोही बीच में बात काटते हुए बोली- “अरे छोड़िए! जो भी हो, आज से आप मेरी ‘बड़ी दी’ है। वैसे आपकी साड़ी का कलर बहुत प्यारा है, पर इसके साथ में वो बड़ी वाली झुमकी पहनती तो क़सम से कहर-ढाँ देती।”

“अच्छा आइशा दी, यहाँ के फूल असली है या artificial? मुझे तो लगता है प्लास्टिक के है, आज कल कौन इतना खर्च

करता है real floowers पर। वैसे आपको कौन सा फूल पसंद है?"

"मुझे White Roses पसंद है।" आइशा आरोही की आँखों में देखती हुई बोली।

आइशा जिस आरोही को अपनी सबसे बड़ी प्रतिद्वंदी मान रही थी, उसे तो आइशा के नाम तक की परवाह नहीं है। आरोही की दुनिया उसकी अपनी बातों से शुरू होती है और वही ख़त्म। वह आइशा की तकलीफ़ से उतनी ही अनजान है, जितना वेद के प्यार से।

15

घर में माहौल अब थोड़ा शांत है। मंडप में विवाह की विधिया हो रही है।

लेकिन आइशा के दिल में ग़ज़ब की बेचैनी है, वो बस आरोही से एकांत में बात करना चाह रही है, उसके सब्र का बांध अब टूट रहा है।

थोड़ी देर पहले उसने आरोही को छत पर जाते हुए देखा था इसलिए वह भी सभी से पीछा छुड़ाकर छत की सीढ़ियाँ चढ़ने लगीं। उसने दाहिने हाथ से लहंगे को थोड़ा-सा उठाया है, और बाए हाथ से रेलिंग का सहारा लेकर तेजी से सीढ़ियाँ चढ़

रहीं है। पाव की पायल और काँच की चूड़ियों की खनक एक सुंदर राग उत्पन्न कर रहे है जो एक युवती के आने की घोषणा कर रहा है। छत पर पहुंचते ही जैसे उसके पाव ठमक गए, चाल धीमी हो गई और निगाहें एक टक आरोही पर अटक गई। उसके मन में लाखों प्रश्न उठने लगे।

आरोही ने उसे देखते ही सामने पड़ी कुर्सी पर बैठने का इशारा किया और आइशा की माँगटीका को ठीक करती हुई बोली-

“सब कुछ कितना अच्छा से हो गया न और दीदी भी शादी के जोड़े में बहुत सुंदर लग रही थी।”

“हाँ, सब सही से हो गया।”

“आपके लहँगे का कलर बहुत अच्छा है।”

“हाँ, शायद।”

आरोही की आदत है की वो सिर्फ़ अपनी बात ही बोलती है, सामने वाले की बहुत कम सुनती है। वह कुछ बोलने ही वाली थी की आइशा ने उसे रोका-

“One Second.”

एक गहरी साँस लेकर आइशा ने बोलना शुरू किया।

“मैं जब से तुमसे मिली हूँ तब से मुझे तुमसे एक बहुत जरूरी बात करनी थी, पर मौक़ा ही नहीं मिला।”

“क्या?” आरोही ने आश्चर्य से पूछा।

“वो तुमसे बहुत प्यार करता है। तुम्हें अपनी जान से ज़्यादा चाहता है। हर पल तुम्हारे ही बारे में सोचता है, तुम्हारी ही बातें करता है।”

आरोही एकदम से सकते में आ गई की एक लड़की जिससे वो आज पहली बार मिली है, जिसे वो अच्छे से पहचानती तक नहीं। वो बता रही है, किसी ऐसे लड़के के बारे में जो उससे बेहद मोहब्बत करता है।

“वों कहता है की उसे तुम में अपनी ज़िन्दगी दिखती है और मुझे उसमें।

You are his first thaught in the morning and the very last person he remembers before falling asleep at night. Every dream of his has your reflection. You are fairy of his dreams for him I am nothing in front of you.”

इतना कहते-कहते आइशा की आँखे भींग गई है। उसके लब्ज़ लड़खड़ाने लगे है, गला सूखता जा रहा है। आरोही आश्चर्य से आइशा की बातें सुनती जा रही है।

"मैं कुछ भी कर लू वो सिर्फ़ तुम्हें ही प्यार करता है। मेरे बगल में बैठा हो फिर भी वो तुम्हारे पास ही होता है।

तुम्हें पता है आरोही... वो जितना तुमसे प्यार करता है उससे कई ज़्यादा मैं उससे प्रेम करती हूँ। वो यह बात जानता है मगर फिर भी उसे मेरी कोई परवाह नहीं है।

वो तो तुम्हारे साथ बिताए गए पलों को याद कर के ख़ुश हो जाता है, उसे इस बात की थोड़ी भी फ़िक्र नहीं की अगर तुम किसी और की हो जाओ तो क्या होगा? लेकिन मैं ऐसी मोहब्बत नहीं जानती, जिसमें की मेरे आँसु उसके कंधे को भिगों न पाये।

ये... ये कैसी मोहब्बत है जिसमें हम रोये, तड़पे किसी को एक झलक देखने के लिए और उसे रत्ती भर भी फ़र्क ना पड़े। वो बोलता है की हमे सिर्फ सामने वाले से प्रेम करना चाहिए। उससे हुबहू प्रेम पाने की इच्छा नहीं रखनी चाहिए। अब तुम ही बताओ, क्या यह सही है? हम जिसे पागलों की तरह चाहते हो, जो हमारे ज़ेहन में हर पल रहता हो, जिसके साथ हम अपना भविष्य देख रहे हो, उससे हमे प्रेम मिलने की इच्छा नहीं रखनी चाहिए।"

आरोही ने डरते हुए लड़खड़ाती आवाज में पूछा-

"पर वो है कौन?"

“वेद”

“पर आइशा दी, हमे मिले तीन साल हो गए। इतना इंतजार कौन करता है।

आइशा ने आँखों में दर्द लिए पर हँसते हुए कहा- “तुम्हें लगता है न आरोही, की तीन साल पुरानी बात है, तो धुंधली हो गई होगी? पर वेद... वो तो उल्टा है। उसका तुम्हारे लिए प्यार हर दिन बढ़ता ही जा रहा है। जैसे-जैसे वक्त गुज़र रहा है वो तुम्हारी यादों में और डूबता जा रहा है। मैंने उसे देखा है... हर गुजरते दिन के साथ वो तुम्हारे लिए और भी पागल होता गया।”

“पर ऐसा कैसे हो सकता है? इस बीच तो हम मिले तक नहीं।”

“क्योंकि उसके लिए तुम्हारा होना जरूरी नहीं है, तुम्हारा एहसास ही काफी है। वो तुम्हारे पास ना होकर भी तुम्हारा ही है। तुम ही बताव आरोही मुझे क्या करना चाहिए, मैं पूरी तरह डिप्रेस्ड हो चुकी हूँ। हर समय बस एक ही बात सताती है की, मैंने वेद को खो दिया।”

लगभग आधे घंटे बाद वन्या छत पर इन्हें ढूँढती हुई आई। उसने देखा कि फर्श पर लेटी बेहोश-सी आइशा का सर आरोही की गोद में है। उसकी आँखें बंद है फिर भी उनमें से लगातार आँसू बह रहे है, जिन्हें आरोही अपने दुपट्टे से पोंछ रही है। वन्या दौड़कर उनके पास गई।

आइशा बेहोशी की हालत में हल्की आवाज में कुछ बुदबुदा रही है- "वेद.... वो.... वो आ रहा होगा न? उसे... उसे सफेद गुलाब पसंद है... आरोही, तू लगाना मत भूलना। वो तेरे लिए तीन साल से रुका है।"

वन्या ने चिल्लाते हुए कहा- "आइशा, आइशा दी आँखें खोलियें! ये क्या हो रहा है? आरोही क्या हुआ इन्हें?"

आइशा की पकड़ आरोही के हाथों पर ढीली पड़ने लगी पर उसकी बातें अब भी वही है।

"आरोही... उसे बोलना की... मैंने उसके लिए एक लेटर लिखा है... पर उसे देना मत। वो पढ़ेगा तो रो देगा... और मैं वेद को रोते हुए नहीं देख सकती। वो... वो तुम से बेहद मोहब्बत करता है। पर वेद तुम मुझसे नफ़रत ही कर लेते... कम से कम कोई रिश्ता तो होता हमारा।"

आरोही कुछ बोलने की दशा में नहीं है। उसके आँसु आइशा के चेहरे पर गिर रहे है। वो और वन्या मिलकर

आइशा को उठाने की कोशिश करती है पर आइशा का शरीर पूरा ढीला पर चुका है, उसका सिर एक तरफ़ झूल रहा है और उसके हाथ ज़मीन पर बेजान लटक रहे है। लेकिन इस बेहोशी की हालत में भी आइशा के होठ लगातार एक ही सवाल दोहरा रहे है, जैसे उसकी रूह वही अटक गई हो।

आइशा बहुत धीमी और काँपती हुई आवाज में बोल रही है-

"क्यों... वो मुझसे... प्यार क्यों नहीं करता? मैंने तो सब कुछ दे दिया... फिर भी... क्यों?"

आरोही, जो आइशा को पकड़े हुए है, उसे ऐसा लग रहा है जैसे वो किसी का क़त्ल कर रही हो। उसका दिल दुख से फटा जा रहा है क्योंकि वो जानती है की वो 'वजह' वही है।

"वेद तुमने एक बार भी... मेरी तरफ़ नहीं देखा। मैं... मैं तुम्हारे क़रीब थी पर तुम्हारे लिए... मैं सिर्फ़ एक साया थी। क्या मेरा इश्क़ इतना छोटा था की तुम्हें कभी महसूस ही नहीं हुआ?

"वो मुझसे प्यार क्यों नहीं करता?"

16

रात के सन्नाटे में स्नेहा ने डायरी का आखरी पन्ना पलटा और उसकी साँसे जैसे वही रुक गई। उसने उम्मीद

की थी की आगे कोई अंजाम होगा या शायद कोई तसल्ली भरी बात लिखी होगी। पर डायरी का वो आखरी पन्ना बिल्कुल खामोश था। वहाँ सिर्फ़ एक ही वाक्य लिखा था, वही दर्दनाक सवाल जो आइशा बार-बार कर रही थी-

"वो मुझसे प्यार क्यों नहीं करता?"

स्नेहा के लिए ये सब किसी सदमे जैसा था। वह एक मॉडर्न ख्यालों वाली लड़की थी, जिसके लिए प्यार का मतलब था- डेटिंग, घूमना-फिरना, एक-दूसरे के साथ वक्त बिताना और अगर बात ना बने तो move on कर जाना। उसने कभी नहीं सोचा था की 21वी सदी में भी कोई किसी के लिए इस हद तक पागल हो सकता है।

स्नेहा ने ये डिसाइड किया की इतनी रात को फ़ोन करना सही नहीं। अगली सुबह वो ख़ुद डायरी लेकर आन्या के रूम पर जाएगी और इस विषय में बात करेगी।

अगली सुबह, 22March 2026

स्नेहा ने डोर बेल बजाया। आन्या तैयार हो रही थी, उसने दरवाज़ा खोला और स्नेह की सूजी हुई आँखें और हाथ में डायरी देखकर सब समझ गई।

"तुमने पढ़ ली, पूरी।"

डायरी आन्या की तरफ़ बढ़ाते हुए, थोड़े गुस्से और उदास चेहरे के साथ स्नेहा ने कहा-

"मैंने पढ़ लिया, आन्या। पर ये क्या है? आखरी पन्ना खाली क्यों है? एक इंसान की जिंदगी का सबसे बड़ा सवाल लिखकर तुमने कलम क्यों रोक दिया? मुझे अभी और इसी वक्त जवाब चाहिए... आगे क्या हुआ?"

आन्या ने डायरी ली और उसे प्यार से सहलाती हुई बोली- "पहले अंदर तो आ।"

अंदर आते समय लगातार स्नेह सवाल पर सवाल किये जा रही है-

"आइशा का फिर क्या हुआ?"

"क्या यह एक रियल स्टोरी है?"

"आरोही ने फिर क्या किया?"

आन्या के चेहरे पर थोड़ी हँसी है। वह मुस्कुराते हुए स्नेह से बोली-

"चाय लोगी या कॉफ़ी?"

स्नेहा ने जब इस प्रश्न का कोई जवाब नहीं दिया तो आन्या बोली-

“तुम चल कर बेडरूम में बैठो, मैं कॉफ़ी बनाकर लाती हूँ।”

स्नेहा कमरे में कदम रखती है और उसकी नजर सीधे उस दीवार पर जाती है जो बेड के बिल्कुल सामने है। वहाँ एक फ्रेम लगा हुआ है, जिसमें एक स्केच है। वह कोई आम Portrait नहीं है- वो किसी लड़की की सिर्फ दो आँखों का ही स्केच है।

***

लेखक से जुड़ने के लिए:

Email- authorashishkumar19@gmail.com

Instagram- ashishkushwaha_19

www.ingramcontent.com/pod-product-compliance
Lightning Source LLC
LaVergne TN
LVHW100326210926
848480LV00003B/1271
9798904310578